www.tredition.de

AF197847

Claudia Lidia Badea ist Doktorin der Mathematik der Universität Bukarest, Doktorin der Naturwissenschaften der Universität Wien, habilitierte an der Universität Salzburg und ist korrespondierendes Mitglied der European Academy of Sciences. Hat über 90 wissenschaftliche Publikationen veröffentlicht. Ihr literarisches Werk umfasst drei Bücher in rumänischer Sprache und mehrere Artikel, in deutscher Sprache, in Anthologien Novum Verlag, Österreich.

Claudia Lidia Badea

Erzählungen aus Transsilvanien

Seiten der Geschichte

© 2016 Claudia Lidia Badea
Umschlag, Illustration: die Autorin
Lektorat, Korrektorat: C.Sombory
Übersetzung: keine
Weitere Mitwirkende: keine

Verlag: tredition GmbH, Hamburg

ISBN
Paperback   978-3-7345-3359-4
Hardcover   978-3-7345-3360-0
e-Book   978-3-7345-3361-7

Printed in Germany

Das Werk, einschließlich seiner Teile, ist urheberrechtlich ge-
schützt. Jede Verwertung ist ohne Zustimmung des Verlages und
des Autors unzulässig. Dies gilt insbesondere für die elektronische
oder sonstige Vervielfältigung, Übersetzung, Verbreitung und öf-
fentliche Zugänglichmachung.

Seele des Menschen,
Wie gleichst du dem Wasser!
Schicksal des Menschen,
Wie gleichst du dem Wind!

Johann Wolfgang von Goethe

Gedichte, Gesang der Geister über den Wassern

Inhalt des Buches

Eine große Liebe

Die Somborys sind einer der ältesten adligen Familie ungarisch-deutscher Abstammung aus Siebenbürgen, deren Mitglieder eine grundlegende Rolle in Siebenbürgen spielten. Ihre Vorfahren sind bei Gyula und Tuhutum – einer der sieben Anführer ungarischer Stämme im X. Jh. nachzusuchen.

Im X. Jh. herrschte das Geschlecht Sombory über ein Drittel der Gebiete im Norden und Zentrum Siebenbürgens, die Regionen rund um die Ortschaften Zimbor und Jimbor gehörten noch im XVI. Jahrhundert der Familie.

Im Land Ultrassilvanien, das Gebiet jenseits des Waldes und noch nicht mit ungarischen Stämmen besiedelt, lassen sich ab dem XI. Jahrhundert die Flandrenses-Siedler, oder hospitibus regis de Ultrasylvas, nieder, eine heterogene Bevölkerung aus dem Westen Europas, allgemein als „Sachsen" erwähnt. So finden wir im XII. Jh., in Burzenland, die Familie Grafen von Sommer.

Sowohl die ungarischen als auch die deutschen Chroniken berichten über Eheschließungen zwischen den Mitgliedern der Sombory Familie und der Familie Sommer. Die Mitglieder dieser Zweige haben den Titel Grafen von Sommer und dann, ab dem XIV. Jh. den Namen Sombory getragen.

Graf Simon Magnus und seine Söhne Comes Salomo und Nikolaus von Rosenau sind die ersten die urkundlich erwähnt sind.

Die Söhne Nikolaus von Rosenau, Johannes und Jakobus, haben im Jahr 1330 König Karol Robert d'Anjou von Ungarn bei der Schlacht von Engpass Posada in Rumänien begleitet und zur Flucht verholfen.

Zum Dank erteilt der König Johannes und Jakobus das Recht auf ihr Wappen, das Symbol des Hauses d'Anjou, und zwar die Lilienblumen zu tragen.

Dieses Wappen wird nicht einer einzigen Person, sondern der ganzen Familie als erbliches Zeichen erteilt. Auf der Kanzel in der evangelischen Kirche aus Zimbor/Magyar-Nagy-Zsombor, Kreis Sălaj, Rumänien, kann man auch heute eine sehr schön geschliffene Inschrift in lateinischer Sprache lesen: *„Signum Haereditarium Inclitae Familiae Somboriane De Aedem Sombor Anno 1742 die V Men Junii".*

Johannes Sommer/Sombory hatte einen Sohn Miklos I., dieser einen Sohn Miklos II, und dieser einen Sohn János III, und alle haben hohe Ämter in Siebenbürgen ausgeübt.

János III, 1390-1459, heiratete Eörsi Dorothea und wurde in Bistritz als königlicher Beamten tätig.

Das Paar hatte vier Kinder. Das dritte Kind war ein Mädchen namens Zsofia.

Sie war dünn, etwas ungewöhnlich für die damaligen Zeiten und wurde im Haus ihres Vaters, in Bistrița/Bistritz in Siebenbürgen, vernünftig erzogen.

Sie war sehr intelligent, konnte schreiben und lesen, war redegewandt im Ungarischen, Deutschen und in Latein. Sie las lieber die Dokumente vom Schreibtisch ihres Vaters, als zu stricken.

Viele Menschen wimmelten im Bistrița/Bistritz des XV. Jahrhunderts.

In Siebenbürgen war seit dem XIII. Jh. auch die Familie Thoroczkay aufgetreten, durch Ehellös Thorockay,

2

befreundet mit Leonard aus der Borşa Sippe, Wojewode von Siebenbürgen zum damaligen Zeitpunkt.

Ehellös war dem König András III. von Ungarn treu und wurde deswegen zum Vizewojewoden von Siebenbürgen ernannt. Er hatte dieses Amt bis 1297 inne, eine ausreichende Zeitspanne, um ein schönes Vermögen anzusammeln.

Die Familie hatte eigentlich enge Beziehungen zu den Sippen Csáky, Losonczy und Szécsényi, die einige siebenbürgische Wojewoden geliefert hatten.

Der Urenkel von diesem Ehellös ist László I. Thoroczkay. Um 1426 ist Thorockay László I. mit Besitztümern in Sântejude/Szentegyed, eine alte Ortschaft im Kreis Sălaj urkundlich erwähnt.

Zsofia schloss eine Ehe mit Thorockay László I. Obwohl Zsofia kein schönes Mädchen war, heirateten sie aus Liebe. László war von Zsofias Intelligenz und ihrer Art sehr beeindruckt. Beide waren zum Zeitpunkt der Heirat noch keine 20 Jahre alt.

Während dieser Ehe wurden mehrere Kinder geboren, einige sind bei der Geburt, andere im jungen Alter gestorben. Von den Kindern hat nur László II. länger gelebt und befand sich aus materiellem Gesichtspunkt in einer wohlhabenden Situation, da er fast den ganzen Besitz der Familie geerbt hatte.

Der Nachfolger von Zsofia und Thorockay László I ist einer Diskussion wert, weil eine Ur-Ur.-Urgroßenkelin von ihnen Klaudia Rédhey ist, Ur-Ur --Großmutter Königin Elisabeths II. des Vereinigten Königreichs von Großbritannien und Nordirland.

Gräfin Klaudia Rhédey Hohenstein
nach einer Litographie, XIX Jh., Johann Ender Nepomuk, 1830,
orig. in Kensington Palace

Wir sollen den nächsten Stammbaum verfolgen.

A1. Zsofia Sombory & Lászlo I Thoroczkay 1424
- A2. Lászlo II Thoroczkay , 1440-1497
- A3. Ferencz I Thoroczkay , +vor 1530
- A4. János Thoroczkay & Erzsébet Szlivásy
- A5. Br. Lászlo Thoroczkay & Orsolya Kamuty
- A6. Br. Mihály Thoroczkay,1622 & Anna Szalánczy
- A7. Br. János Thoroczkay,1652 & Bss. Borbala Thorma von Csicsokeresztur
- A8. István Thoroczkay,+1712 & Bss. Borbala Kapy von Kapivár
- A9. Mária Thoroczkay, 1687-1738 & Gf. Lászlo Rhédey von Kisréde, +1722
- A10. Gf. Mihály Rhédey von Kisréde, 1720-1791 &Bss. Theresia Bánffy von Losoncz, 1740-1807
- A11. Gf. Lászlo Rhédey von Kisréde, 1773-1835 &Bss. Ágnes Inczédy von Nagyvárad,1788-1856
- A12. Klaudia cr. Gfn. Hohenstein Rhédey,1812-1841 &Pr. Alexander von Württemberg, 1804-1885
- A13. Franz cr. Herzog von Teck,1837-1900 &Pss. Mary Adelaide von Großbritannien, Irland und Hannover
- A14. Victoria Mary, Pss. von Teck,1867-1953 &König Georg V des Ver. Königr. von Großbritannien und Irland
- A15. . König Georg VI, des Ver. Königr. von Großbritannien und Nordirland

Wer war Klaudia Rhédey?

Wie es in den damaligen Zeiten üblich war, wurden die Ehen am meisten zwischen Mitgliedern befreundeter Familien oder Familien mit Besitztümern in denselben Ortschaften abgeschlossen.

Dadurch wurde die Tatsache, dass der Großvater der schönen Klaudia Rhédey von Thorockai-Sombory abstammt, lange Zeit nicht bemerkt oder war womöglich auch unbekannt.

Verbleiben wir einen Moment bei der wunderschönen Liebesgeschichte zwischen Klaudia Rhédey und Alexander Württemberg.

Klaudia Rhédey von Kis-Rhéde wurde am 21.9.1812 im Schloss ihrer Eltern aus Sângeorgiul de Pădure/Erdöszentgyörgy in Siebenbürgen, in Rumänien geboren.

Sie war die Tochter des Grafen Lászlo Rhédey und der Baronin Inczédy Ágnes von Nagy-Várad und wurde in der reformierten Kirche der Gemeinde auf den Namen Zsuzsanna Klaudia getauft.

Einer ihrer Vorfahren, Ferenc Rhédey, war 1658 für kurze Zeit, Fürst von Siebenbürgen nach Fürst György Rákoczi II. Übrigens war die Rhédey Familie einflussreich und besaß ein großes Vermögen in Siebenbürgen.

In der Zeit waren die Mädchen des siebenbürgischen Hochaldels zu den Wiener Bällen eingeladen, die während der Faschingszeit stattfanden.

Bei so einem Ball, im Winter des Jahres 1832, hatte Klaudia, im Alter von 23 Jahren, den Herzog Alexander von Württemberg getroffen.

Er war der Sohn von Ludwig Friedrich von Württemberg-Teck, der jüngere Bruder von König Friedrich I. Württemberg und der Prinzessin Henrietta von Nassau-Weilburg. Zum Ball waren auch Alexanders Cousin und Schwager, König Wilhelm I. Württemberg, sowie dessen Frau und eine ihrer Töchter eingeladen worden.

Alexander Paul Ludwig Konstantin von Württemberg
nach einer Lithographie von Josef Kriehuber, 1853

Es ist bekannt, dass die Faschingsbälle gute Gelegenheiten waren, um zwischen Mitgliedern des Hochadels Eheschließungen einzufädeln.

Alexander war damals ein 31-jähriger gutaussehender Mann und Offizier in der österreichischen Armee. Später wurde er zum General ernannt. Die Politik hatte ihn weniger interessiert, denn er nahm nie an den Sitzungen der Kammer der Standesherren aus Württemberg teil, obwohl er 1825 zum

Mitglied gewählt worden war. Tief in seinem Wesen war er eigentlich ein Romantiker. Übrigens 1830 wechselte er als Oberst in die österreichische Armee.

Klaudia war eine seltene Schönheit und Alexander, ein sentimentaler Mann, hatte sich vollkommen in sie verliebt. Alexander meldete sich sofort beim Grafen László Rhédey und machte Klaudia einen Heiratsantrag. Der Graf, ein stolzer Ungar, erhob einige Einwände, Alexander spreche kein Ungarisch und es gebe außerdem eine Rangungleichheit. Er habe möglicherweise daran geglaubt, dass der Rang des Hauses Rhédey höher gestellt sei als der des Hauses Württemberg, wer weiß?

Aber auch die Familie Württemberg hatte ihre Einwände, sie betrachteten die Beziehung als morganatisch.

Die zwei Verliebten ließen sich aber nicht einschüchtern. Alexander lernte Ungarisch, verzichtete auf die Thronfolge in Württemberg und die Hochzeit fand am 02. Mai 1835 in Wien statt.

Einen Monat danach gab der Kaiser Ferdinand I von Österreich Klaudia den Titel Gräfin von Hohenstein, einen Titel, den auch ihre Kinder bis 1863 trugen, als sie endlich die Titel Herzog/Herzogin und Prinz/ Prinzessin von Teck erhielten. So wurden sie öffentlich als Mitglieder des Königshauses von Württemberg anerkannt.

Aus ihrer Ehe entstammen drei Kinder: Claudine Henriette Marie Agnes, Franz Paul Karl Ludwig Alexander und Amalie Josephine Henriette Agnes Susanne.

Der einzige Sohn, Franz, heiratete dann die Prinzessin Mary Adelaide von Hannover und ihre Tochter, Mary Pss. von Teck, wurde durch ihre Heirat mit König George V. Königin des Vereinigten Königreiches Großbritannien und

Irland. Sie ist die Großmutter der Königin Elisabeths II. des Vereinigten Königreichs von Großbritannien und Nordirland. Leider haben die Ehe und die Liebe zwischen Klaudia und Alexander nur 6 Jahre gedauert.

Klaudia, die ihre Kinder im Schloss von Sîngeorgiul de Pădure/Erdöszentgyörgy in Siebenbürgen erzog, hatte sich im Herbst 1841 auf eine Reise nach Österreich begeben, um ihren Mann, der in Militärmanövern in der Gegend von Graz tätig war, zu besuchen. Während sie an einer Demonstration der Kavallerie teilnahm, wurde die Gräfin von einigen tobenden Pferden getreten und starb kurz danach. Alexanders Schmerz nach diesem tragischen Geschehen lässt sich schwer mit Worten beschreiben. Er lebte weitere 44 Jahre, aber weder verlobte er sich erneut, noch hatte er andere Kinder. In den 1848 Jahren finden wir ihn noch immer im österreichischen Dienst, ab 1850 wurde er zum Befehlshaber des elften Husarenregiments befördert und später zum General der Kavallerie.

Klaudia ist in der Kirche aus Sîngeorgiul de Pădure/Erdöszentgyörgy in Siebenbürgen begraben.

Ihre Ruhestätte in Siebenbürgen wurde ständig von Mary von Teck, Königin von Großbritannien und Irland, Enkelin der Klaudia Rédhey, und jetzt von Prinz Charles besucht und gepflegt.

Eigentlich kennt man bis heute den genauen Grund des Todes von Klaudia nicht. Ungarische Quellen behaupten, dass sie während der Reise nach Wien eine starke Blutung hatte, sie war mit dem vierten Kind schwanger. Aus mangelnder medizinischer Versorgung starb sie einige Tage später. Andere Gerüchte besagen, dass die Kutsche der Gräfin in der Nähe von Graz einen Unfall hatte und die

Gräfin durch schwere Verletzungen am 01. Oktober 1841 in Pettau starb.

Ihr Wunsch war, zu Hause, in Sîngeorgiul de Pădure/Erdöszentgyörgy in Siebenbürgen bestattet zu sein. Man erzählt, dass ihr Mann, Alexander Württemberg, selbst der Trauerkutschenfahrer seiner viel geliebten Gemahlin des ganzen Weges war.

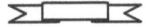

Der Humanist Ioannes Sommerus aus Siebenbürgen

D er berühmte siebenbürgische Humanist des sechzehnten Jahrhunderts Sommer János, ist bekannt als Iohannes Sommerus oder Johann Sommer. János stammte aus einer der ältesten adligen Familien ungarischdeutscher Abstammung aus Siebenbürgen, die Sommer-/Sombory-/Zsombory- Familie.

Claudiopolis, Coloswar vulgo Clausenburg, Transilvaniea civitas primaria, XVI.Jh. Gravur von Georg Hoefnagel, nach einem Bild des Egidius van der Rye .

János, deutsch Johannes, war der Sohn des Kristoff Sombory und das Enkelkind von Peter Sombory und Klara Bethlen. In den Jahren 1525-26 befand sich Kristoff in Kassa/Kosice, wo er in kurzer Zeit wohlhabend wurde. Später, als Johannes Zápolya in Kosice eintrat, übte Kristoff hohe Ämter am königlichen Hofe aus. Eine Zeit lang lebte seine Familie in Pirna (Sachsen), kehrte aber später nach Kosice zurück.

In Pirna wird um 1527 der Sohn János geboren. Bereits frühzeitig zeigt der Junge schulische Neigungen, sodass sich der Vater dazu entschließt, seinen Sohn nach Deutschland, und zwar nach Wittenberg, zu schicken, um dort zu studieren.

An der Universität Wittenberg studiert er erfolgreich die lateinische sowie die griechische Sprache. Außerdem spricht er fließend Deutsch und Französisch. Im Jahre 1542 verlässt er Wittenberg und kehrt nach Kosice zurück. Trotz seines jungen Alters eignet er sich umfassende literarische und historische Kenntnisse an.

Durch die unsichere Lage in Kosice bedingt, entschließt sich die Familie, in die Gegend von Klausenburg/Cluj zurückzukehren.

Eine Zeit lang ist János mit seiner Lage nicht zufrieden. Die Verwaltungsämter sprachen ihn zu wenig an, obwohl er von seinen Verwandten Unterstützung erhalten hätte, da sein Cousin, Lászlo II. Sombory, vertrauter der fürstlichen Familie Báthory, auf dem Weg zu einer erfolgreichen Karriere ist. János ist aber ein Gelehrter und die ewigen Kämpfe um Macht und Vermögen langweilen ihn.

Er ändert sogar seinen Namen, übernimmt die Bezeichnung Sommer, genauso, wie seine Urgroßeltern geheißen hatten, als sie Grafen in Kronstadt/Braşov gewesen waren. Manchmal wird er erwähnt als Iohannes Sommerus oder Johann Sommer.

In der Zwischenzeit begannen bestimmte Zwistigkeiten innerhalb seiner Familie wegen seines religiösen beziehungsweise protestantischen Standpunktes. Das hat zur Folge, dass er für eine Weile nach Wittenberg begibt, um seine Sprach- und Geschichtskenntnisse zu erweitern. Er studiert weiterhin Griechisch und Latein.

In Wittenberg besucht er Philipp Melanchthon, den berühmten Theologen, Reformator und Arbeitskameraden Luthers, und wird von dessen reformierten Ideen stark beeinflusst.

In derselben Zeit befindet sich der Grieche Iacob Heraclides in Deutschland, der um 1554 den Kaiser Karl V. von Habsburg in der Schlacht bei Rénty gegen Heinrich II. von Frankreich begleitet.

Nach dem erzielten Sieg über Karl V. verbringt der im Kampf verletzte Iacob Heraclides mehrere Monate in Anvères. Danach beschließt er, in sein Heimatland zurückzukehren. Auf seinem Weg durchquert er auch Wittenberg, um Philipp Melanchthon zu begegnen, mit dem er Freundschaftsbeziehungen pflegt.

Er kommt auch mit anderen Koryphäen der Reformation zusammen. Heraclides selbst war ein überzeugter Reformator und Protestant.

Hier, in Wittenberg, macht János im Hause Melanchthon mit Iacob Heraclides Bekanntschaft und wird mit diesem eine Freundschaftsbeziehung pflegen. Heraclides ist von der Bildung des jungen János, besonders von der Art, in der er die lateinische Sprache beherrscht, sehr beeindruckt.

Man muss dazu auch sagen, dass János von der Lebenskraft, Intelligenz, Bildung und vielleicht sogar von der Skrupellosigkeit dieses griechischen Betrügers, der sich damals Kavalier und palatinischer Graf nennt, angezogen ist. Trotz des großen Altersunterschiedes schließen sie Freundschaft.

Nach Klausenburg/Cluj zurückgekehrt, findet János nicht seine Ruhe. Er begegnet dem Geistlichen Thomas Bomelius. Dieser wird in Kronstadt/Braşov geboren und um 1548 ist er eine Zeitlang Notar in Hermannstadt/Sibiu.

Sommer János, zusammen mit Kemény János, begleitet Bomelius im Jahre 1555 nach Wien, um die Zustimmung und Unterstützung des Königs Ferdinand I zu erlangen. Das Ziel ist, dass die Königin Isabella und der Prinz Johannes Sigismund aus Polen ins Heimatland zurückkehren. Unter Johannes Sigismund wird Bomelius Vizesenator.

Kurze Zeit später, um 1560, begibt es sich, dass Heraclides sich in Siebenbürgen aufhält und verzweifelt nach Verbündeten und Unterstützung sucht, um Alexandru Lăpuşneanu vom Thron der Moldau zu beseitigen. Insofern sie aus Wittenberg Freunde sind, wendet sich Heraclides auch an János und macht diesem den Vorschlag, ihn nach Moldau zu begleiten.

Die Aussichten sind gut und János akzeptiert den Vorschlag, der für ihn persönlich einen Fortschritt und eine Förderung darstellt. Die Lustlosigkeit in Klausenburg/Cluj mag er nicht. Man muss aber auch sagen, dass in ihm auch ein Abenteurer steckt, so wie in Heraclides.

Schließlich und endlich gelingt es Heraclides im Jahre 1561, mit Hilfe des Königs Ferdinand I., Alexandru Lăpuşneanu vom Thron der Moldau zu beseitigen, und er wird selbst Fürst der Moldau unter dem Namen Despot Vodă.

Seinen Freund János ernennt er anfangs zum Lehrer seines Sohnes und zum Bibliothekar.

Despot und János führen lange philosophische Gespräche und machen Zukunftspläne zur Kulturverbreitung im Lande. Somit wird im Jahre 1562, unter der Führung von János, das Schulkolleg von Cotnari gegründet, wo in lateinischer Sprache unterrichtet und der protestantische Glauben gefördert wird.

Diese Tatsache widerspricht aber der Überzeugung und Zugehörigkeit der Mehrheit der Bevölkerung, die in der Moldau lebt. Die Schule von Cotnari ist nicht funktional, obwohl sie als eine Akademie der Renaissance gedacht ist und von siebenbürgischen Gelehrten geführt wird.

Übrigens sind die Bemühungen um Modernisierung und Reformierung der entarteten Sitten, die Idee, sich auf ausländische Berater anstelle von ansässigen Bojaren zu stützen, die Initiative, eine Schule zu gründen, die Idee die Münzen nach dem abendländischen System auszuprägen, der erste moldauische Taler, äußerst lobenswerte Leistungen von Despot Vodă.

Es war eine sehr interessante, aber auch fruchtbare Zeit in János Leben. Er beginnt, mehrere seiner Werke zu verfassen, insbesondere seine schönen Elegien, und schreibt Vermerke über die Herrschaft Despots auf. Diese Zeitspanne ist aber kurz.

Bereits zwei Jahre nach Despots Einsetzung als Herrscher, im Jahre 1563, überfällt der Anführer Tomşa den Woiwoden, der in die Burg aus Suceava flüchtet. Zusammen mit anderen

Beratern von Despot flüchtet auch János in die Burg von Suceava.

Am 05. November 1563 wird der unglückliche Despot vom Streitkolben des Tomşa umgebracht. Sein Haupt wird nach Konstantinopel gesandt.

János und eine Reihe von anderen Beratern kommen wie durch ein Wunder aus der umzingelten Burg von Suceava davon, als Bauer verkleidet.

Er versteckt sich bei einem Hirten, danach in einer Kaverne oder schläft sogar unter freiem Himmel. Schließlich, nach zahlreichen Abenteuern, überquert er schwer die Karpaten und erreicht Siebenbürgen. Er kommt in Bistritz/Bistriţa an und wird im Haus einiger Verwandter beherbergt.

Hier in Bistritz/Bistriţa schreibt er weiterhin und wird durch seine schönen Verse bekannt. Er besitzt oratorisches Talent, hat Erfahrung als Lehrer und folglich wird er von einigen Familien aus der Stadt als Lehrer ihrer Kinder beauftragt. Er veröffentlicht unter den Namen Ioannes Sommerus, lateinische Übersetzung von Sommer/Sombory, Johannes/János.

Sein Ruf überschreitet die Grenzen von Bistritz/Bistriţa und erreicht Klausenburg/Cluj, Kronstadt/Braşov und Hermannstadt/Sibiu.

Im Jahre 1565 wird er vom berühmten Humanisten und Kulturliebhaber Honterus nach Kronstadt/Braşov eingeladen, um als Lehrer und Leiter des bereits im Jahre 1533 gegründeten evangelischen Lyzeums tätig zu werden. Die Geschichte der Ungarn von König Szt. István bis Ferdinand I. sowie ein sehr wichtiges Werk über die Herrschaft von Despot Vodă, „Vita Jacobi Despotae", basieren auf seinen Aufzeichnungen aus der Moldau.

Hinzu kommt eine andere Reihe von Elegien, „Declade Moldavica elegiae XV", ebenfalls in lateinischer Sprache verfasst, die das Ende Despots und In diesen Elegien fallen der besondere Klang der Verse sowie die Art, in der der Dichter die Naturschönheiten wiedergibt, auf. Er leistet ein Lob an die irdische Unsterblichkeit des kulturellen Erbes und der kulturellen Kreativität.

Im Jahre 1567 kehrt János nach Bistritz/Bistriţa zurück und wird Leiter des Gymnasiums der Ortschaft.

Von fremden Orten satt, begibt sich János nach einer Weile auf den Weg nach Klausenburg/Cluj, um bei seiner Familie zu sein.

In der Zeit, um 1570, finden eine Reihe von Philosophen, Freidenker und antitrinitarische Theologen aus Siebenbürgen, wie Neuser Adam, Franchen Keresztély, Iacob Palaeologus, Matthias-Vehe-Glirius und andere, in Klausenburg/Cluj Zuflucht.

Alle finden Schutz in den Landhäusern von Luncani/Aranyosgerend und Alcona, die Gerendi János, dem Großgrundbesitzer, Vater der Gerendi Anna, Ehefrau von Gábor Sombory, Sohn des Lászlo II. Sombory, Cousin von János Sommer, gehören.

János wird von der besonderen Gesellschaft der Humanisten angezogen und nimmt häufig an deren Treffen teil. Er befreundet sich ebenfalls mit Blandrata, dem Arzt des Königs Johannes Sigismund, der sich um 1562 nach Siebenbürgen begibt.

In diesem Kreise wird die Religionsfreiheit unterstützt. Johannes Sigismund kommt mit der Idee, den Katholizismus als Staatsreligion abzuschaffen und auch andere Religionen anzuerkennen, in der Tat, die protestantische Religion.

Johannes Sigismund ist ein wichtiger Kämpfer gegen den Katholizismus, er verteidigt die Reform und später deren radikalen Zweig, das unitarische Dogma. Seit 1568 wird er als der Patron des Unitarismus betrachtet.

In den nachfolgenden Jahrzehnten treten auch einige Mitglieder der Familien Toroczkai, Teleki, Kun, Szentiványi und Petrichevich-Horváth zum Unitarismus über.

Im Jahre 1570 wird János Sommer Leiter der unitarischen Schule von Klausenburg/Cluj. Er wird in diesem Amt infolge seiner Berühmtheit im Bereich der Geschichte, des Dichtens, als Schriftsteller und ausgezeichneter Kenner der lateinischen und griechischen Sprache angestellt.

Hier arbeitet er zusammen mit Dávid Ferencz, dem Begründer der unitarischen Kirche, sowie mit Blandrata. Übrigens heiratet János die Tochter des Dávid Ferencz.

Selbstverständlich, dass Dávid und Blandrata versuchen, den großen Gelehrten ihrerseits zu gewinnen, was ihnen allerdings zeitweilig gelingt.

Später aber beweist János durch seine theologischen Schriften den irrationalen Charakter der katholischen, protestantischen und unitarischen Dogmen und kritisiert erbittert die Bibel. Somit begründet er irgendwie auch die schon veröffentlichten kritischen Ideen des Palaeologus.

Man behauptet, dass er der erste europäische Humanist ist, der die heidnischen philosophischen Quellen einiger Begriffe aus der christlichen Theologie offenlegt.

Mit der Zeit wird János Atheist, sein Glauben entwickelt sich zu einem offensichtlichen Atheismus.

Am 14. März 1571, anlässlich der Bestattung des Johannes Sigismund, innerhalb der Kathedrale von Weißenburg/Alba Iulia, hält Dávid Ferencz die Lobrede in magyarischer Sprache und János Sommer liest seine „Oratio-funebris" in lateinischer Sprache vor. Zu diesem Anlass verfasst János, ebenfalls in lateinischer Sprache, eine Reihe von Gedichten zum thematischen Schwerpunkt des Todes.

Aber die Zeiten ändern sich in Siebenbürgen. Mit dem Einsetzen Stephan Báthorys 1571-1576 als Fürst von Siebenbürgen versucht man gleichzeitig die Rückkehr zum Katholizismus sowie die Machtbeschränkung der unitarischen Kirche.

Das Zensurgesetz wurde öffentlich bekannt gemacht und Dávid Ferencz vom Königshofe beseitigt. Die ersten Zeichen der Gegenreform werden sichtbar. Diese ist in der Tat auch die Zeit, in der János einen Teil seiner atheistischen Schriften verfasst.

Im Jahre 1574 schreibt János das Gedicht „Péstis idején", übersetzt: „In Zeiten der Pest".

Durch eine Ironie des Schicksals stirbt János samt seiner ganzen Familie am 08. August 1574 an der Pest.

Er verbleibt in der Kulturgeschichte als Humanist und Philosoph höchster Qualität. Seine Verse sind fein, er schrieb mit großer Leichtigkeit und konnte die tiefsten Stimmungen in zarten Versen ausdrücken. Gleichermaßen konnte seine Feder auch vernichtend wirken.

Überraschend sind die Logik, das Ableitungssystem sowie die analytische Fähigkeit, die sowohl aus seinen theologischen als auch aus den historischen Werken offenkundig werden.

János war ein hervorragender Schriftsteller, ein Dichter, der fähig war, sogar historische Texte in lateinischen Versen zu verfassen. Das Gedicht war seine Art sich auszudrücken. Hierzu erwähnen wir: „Reges Ungariae", „Hortulus ingenui amoris", „Elegiarum liber unus", „Tyrannis Colicae &Podagrae".

Johann Peter Lotichius' Worte bei der Bestattung des János sind vielsagend:

"Proxima Pannonio Sommerus Carmina Vates

Prodidit, Aonio suspeciente choro."

János wird in vielen Büchern erwähnt, von vielen Autoren zitiert, sein Name kommt in fast allen Nachschlagewerken vor.

Über sein Werk gibt es ganze Studien. Es werden aber nur jene Werke festgehalten, die von den Autoren angeschnitten werden. Die anderen Schriften wie auch die Genauigkeit der biographischen Daten interessieren weniger.

János war eine sehr komplexe Persönlichkeit, die weder ausschließlich durch sein literarisches Werk noch exklusiv durch einen bestimmten Lebensabschnitt beurteilt werden kann.

Wir geben an dieser Stelle einige seiner Werke an:

„Arbor Illustrissimae Heraclidarum familiae, quae ad Dasorina Basilica ac Despotica vocatur, justificata, comprobata, monumentisque et insignibus abaucta ab invitissimo Carolo V. Rom. Imp. Et ab Imperiali consistorio. Anno 1555" Kronstadt/Braşov;

„Elegia in Nvptias Clarissimi Viri D. Petri Bogneri Coron: LL.Doctoris,&pudicissimae virginis Annae filiae D. Ioachimi Koch, Consulis Mediensis Quarum solennitas erit die 20 Februarji Anno 1569", Weißenburg/Alba Iulia;

„Oratio Funebris, In mortem Illustrissimi Et Regiis

Virtutibus Ornatissimi, vera etiam pietate excellentis Principis ac Domini D. Ioannis Secundi Electi Regis Hungariae &

C. Qui natus est Anno Dimini 1540. Diem vero suum objit 1571, Mart. 14," Klausenburg/Cluj, 1571;

"Refutatio scripti Petri Carolini", Wittenberg, Ingolstadt, 1582.

Superior Court Deputy Sheriff aus Siebenbürgen

Als ich eine Reihe von Dokumenten, die sich auf meinen Großvater Sántha György beziehen untersuchte, stieß ich auf einen bestimmten Sántha Jozsef, der mit meinem Großvater vermutlich verwandt war. Konkrete Beweise hierfür besitze ich aber nicht. Trotzdem fiel mir die Geschichte dieser Gestalt so stark auf, dass ich mich entschloss, über ihn zu schreiben.

Sántha Jozsef wurde am 20. Januar 1825 als Sohn von Sántha András und Figuli Anatolia in Fernezely, Kreis Sathmar/Satu Mare in Siebenbürgen, geboren. Er begann das Studium am Gymnasium in Neustadt/Baia Mare in Siebenbürgen, beendete aber die VI.-te klasse am Gymnasium in Carei/Nagykároly und legte danach das Abitur am Bistumsgymnasium in Sathmar/Satu Mare ab.

Sein Wille, mehr Kenntnisse zu erwerben, führte ihn nach Kosicze und Budapest, wo er Rechtswissenschaften studierte. Leider starb sein Vater 1845 und mangels materieller Unterstützung seitens des Elternhauses unterbrach er sein Studium und kehrte nach Hause zurück. Da er nichts Besseres zu tun hatte, arbeitete er als Förster in der Nähe von Lăpuş/Lápos in der Kohlengrube und bemühte sich, die deutsche Sprache zu lernen, in der Hoffnung, eine Studienförderung zu bekommen, um im Ausland weiter studieren zu können.

Das Revolutionsjahr 1848 bringt in Siebenbürgen neue Hoffnungen und Jozsef trat in die Armee. Anfangs wurde er als *pexidiar*, das heißt Infanterist, angestellt, später zu einer

Gruppe von Feuerwehrleuten aus der Region Sathmar/Satu Mare gesandt.

Jozsef gerät irgendwann unter General Bem in diejenige *Honvedarmee*, die aus 10.000 Szeklern gebildet war und mit der Bem den kleinen Krieg gegen Feldmarschallleutnant Puchner führte. Er machte sich in den Schlachten zur Eroberung von Kronstadt/Braşov und Hermannstadt/Sibiu in Siebenbürgen bemerkbar und brachte es bis zum Rang eines Offiziers.

So geschah es, dass er am 19. Juli 1849 zusammen mit General Bem im Gebiet Diemrich/Deva und am 9. August an der Schlacht bei Timişoara teilnahm, wo Bem besiegt wurde. Die gesamte Kompanie wollte damals nach Italien flüchten. Die Türken erfuhren das, nahmen das gesamte ungarische Regiment gefangen, entzogen ihnen alle Waffen und brachten sie nach Calafat und Vidin in Bulgarien. Insgesamt waren es ca. 72 Offiziere und ca. 6000 ungarische und polnische Soldaten.

Hier lebten sie drei Monate lang in Zelten unter freiem Himmel. Nachträglich wurden sie als Gefangene nach Sumla in Bulgarien gebracht, wo sie weitere zehn Monate verbrachten.

Im Jahre 1850 hatten es die Türken satt, so viele Menschen zu ernähren, und somit wurden die Gefangenen befreit und sie könnten gehen wohin sie wollten. In der Tat, die über 6000 Menschen wurden, ohne Geld und Nahrung, auf die Straße geworfen.

Es ist bekannt – Ironie der Geschichte –, dass sich General Bem in der Zwischenzeit zum Islam bekehrte und den Namen Amurat Pascha annahm.

Es scheint, dass auch einige Offiziere zum Islam konvertierten und ihm nach Aleppo folgten.

Ohne irgendeine Unterstützung begann Jozsef in Varna als Schusterlehrling zu arbeiten, um für seinen Unterhalt sorgen zu können. Nach kurzer Zeit stellte er aber fest, dass man in Varna nur wenig Geld erwerben konnte, und er begab sich voller Hoffnung nach Konstantinopel. Hier übte er dasselbe Gewerbe aus, aber weil ihm jegliche Fertigkeit fehlte, wurde er gekündigt.

Verzweifelt versuchte er dann als Zimmermann zu arbeiten, aber auch in diesem Beruf fand er sich nicht zurecht. Danach, verzweifelt, begab er sich eine Zeit lang nach Bursa in Kleinasien, aber auch dort erging es ihm nicht besser und so kehrte er nach Konstantinopel zurück, wo er eine Weile in bitterer Armut lebte.

Letztendlich beschloss er ins Heilige Land nach Jerusalem zu ziehen, um von dort heilige Erde zu holen und sie in Glücksbringern zu verkaufen. Es hatte sich herumgesprochen, dass das ein gutes Geschäft sein könnte, und viele haben sich den Lebensunterhalt so verdient. Folglich machte er sich zusammen mit einem Freund auf den Weg nach Jerusalem.

Auf der Reise erfuhren die zwei jungen Ungarn, dass die türkische Regierung anbot, politische Asylanten überall in die Welt zu transportieren. Sofort kehrten sie zurück nach Konstantinopel.

Wie viele andere, schrieb sich auch Jozsef für die Vereinigten Staaten ein.

In Kürze befanden sich alle Asylanten auf einem englischen Schiff, das in Southampton anlegen sollte. Hier angekommen, wurden sie nach einiger Wartezeit erneut eingeschifft, und zwar in Richtung New York, dass sie am 2. August 1851 erreichten.

An dieser Stelle sollten wir auch sagen, dass es in den Jahren 1849-1850 eine massive Immigration von Ungarn nach USA gab.

Es waren die sogenannten „Forty-Niners", die nach der Zerschlagung der ungarischen Revolution von 1848-1849 der österreichischen Verfolgung entfliehen wollten.

Jeder Asylant, und so auch Jozsef, erhielt bei der Ankunft eine kleine Geldsumme für die sofortigen Bedürfnisse. Wie sah aber die Zukunft aus?

Zusammen mit seinem Freund, ehemaliger Musiklehrer, versucht Joszef einen Chor zu organisieren, wo ungarische Melodien vorgeführt werden sollten. Es war keine schlechte Idee, es gab auch ein Publikum, die Einnahmen waren aber sehr schwach.

Man sollte also den Beruf wechseln. Jozsef begann unverzüglich in einer kleinen Werkstätte zu arbeiten, hielt es aber auch hier nur ein paar Wochen aus.

In der Zwischenzeit trat er mit einem gewissen Bankier Corcoran in Verbindung, der in Chicago eine ungarische Kolonie gründen wollte. Er trat der Gemeinschaft der ungarischen Kolonisten bei und gelangte am 2. Oktober desselben Jahres nach Chicago, wo er die Arbeit in einer Firma Corcorans begann.

Der Firma ging es nicht besonders gut, sodass sie im Frühjahr 1852 Konkurs anmeldete, sich auflöste und Jozsef wieder arbeitslos wurde. Er entschied sich trotzdem in Chicago zu bleiben.

Obwohl Jozsef fließend ungarisch, lateinisch, rumänisch, türkisch, italienisch und deutsch sprach, wurden ihm nur

Jobs als Tagelöhner oder Diener angeboten, weil er die englische Sprache nicht beherrschte.

Erfreulicherweise bekam er am 1. März 1852 doch eine Arbeitsstelle in einer Alkoholbrennerei, wo er erfolgreich war. Wegen seines Fleißes, wurde er 18 Monate später Gruppenleiter.

Inzwischen heiratete er ein schottisches Mädchen, Urquhardt Janet.

Mithilfe seiner Ersparnisse eröffnete Jozsef 1856 einen Laden und so machte er sich endlich selbstständig. Das Unglück verfolgte ihn wieder und nach nur einem halben Jahr ging er in Konkurs.

Es blieb ihm nichts Besseres übrig, als zurück in die Alkoholbrennerei zu kehren. Pech auch diesmal, nach kurzer Zeit fiel die Alkoholbrennerei einem Brand zum Opfer.

Jozsef war ein mutiger Mann und versuchte erneut einen Laden zu eröffnen.

Diesmal erging es ihm viel besser, er hatte Erfolg, verdiente Geld, war Eigentümer, sprach fließend englisch und entwarf Pläne zum Expandieren.

Doch noch einmal Pech! Im Jahre 1871 fiel das Gebäude ebenfalls einem Brand zum Opfer.

Was sollte er nun machen?

Ohne zu zögern, begann Joszef als Binder zu arbeiten und seine Ehefrau nähte zu Hause Kleider, die sie von einer Fabrik übernahm.

Für kurze Zeit war das eine Lösung, aber es entsprach nicht der Art, wie Jozsef sein Leben gestalten wollte.

Er war inzwischen ein belesener Mann geworden, sprach fließend mehrere Sprachen und war voller Ideen.

Außerdem, muss man sagen, ein guter Handwerker war er nie.

In der Zwischenzeit wurde Lincoln Präsident der Vereinigten Staaten, und am 1 Januar 1863 trat die Emanzipations-Proklamation schließlich in Kraft.

Jozsef übte in den letzten Jahren bereits eine politische Tätigkeit aus, nahm an Versammlungen teil und hielt nun Reden in englischer Sprache, die vom Publikum genossen wurden.

Dank dieser aktiven politischen Beteiligung besetzte Jozsef unverzüglich das Amt „Superior Court Deputy Sheriff", und ab diesem Zeitpunkt erlebte seine Karriere einen rasanten Aufstieg.

Er nahm an Wahlkampagnen, Präsidenten-, Senatoren- und Gouverneurswahlen aktiv teil, wurde Vorstandsmitglied im Rahmen mehrerer deutscher Firmen, Aktieninhaber, Geschäftsführer und begann auch zu schreiben.

In den 70-er Jahren, trat Jozsef den Deutschen Orden der Harugari an. Dieser Orden, gegründet in 1847 für „ mutual protection" und „preservation of German language and culture" hatte enorm expandiert, sodass er 1870 -71 bereits über 300 Harugari Logen zählte.

Jozsef hat 1878-1883 über hundert Artikel für das Ordensblatt der Hermanns Söhne geschrieben. Als er dann 1883-1888 Mitglied des Direktoriums des Ordensblattes der Harugari wurde, schrieb er jede Woche mindestens einen Artikel für diese Zeitschrift.

Hunderte Artikel von ihm erschienen auch in : Illinois Staats-Zeitung, Chicago, Der Westen, Die Deutsche Eiche, Hermanns Sohn im Westen.

Bilder von ihm sind in wichtigen Zeitungen der Epoche, z. B. Der Westen von 14.03.1897, dann in Daily News, Daily Tribune, Inter-Ocean, Record Herald u. a. zu finden.

Jozsef hat mehrere Bücher in Budapest und in den USA veröffentlicht.

Bekannter ist sein Buch : „Die Entstehungsgeschichte des Deutschen Ordens der Harugari im Staate Illinois", Chicago, 1886.

Jozsef kehrte nie wieder zurück nach Europa, nach Siebenbürgen, hat nie diesen Wunsch gehabt, er hat sich als echter Amerikaner gefühlt, Chicago war sein „home" und dort ist er 1900 gestorben.

War er ein Abenteurer oder war es ein Schicksal?

Oberst Alexander Sombory und der Fall Sächsisch-Regen

Alexander/Sándor wurde als zweiter Sohn des Richters Lajos Sombory am 11 November 1794 in Sofalva, Siebenbürgen geboren.

Er machte eine ansehnliche militärische Karriere in der Österreichischen k.k. -Armee und wurde als Alexander Sombory von Magyar-Nagy-Sombor bekannt.

Alexander Sombory von Magyar Nagy Sombor
Bild auf canavas von dem Maler Neumann
Palais Banffy in Klausenburg

Allerdings ging in der Geschichte der 1848 Siebenbürgischer Szekler Revolution sein Name als Sándor Sombori ein.

Seine Kindheit verbrachte Alexander im Dorf Sofalva oder bei den Großeltern in Zimbor/Magyarnagyzsombor, Komitat Cluj/Klausenburg. Die Volksschule und dann das Gymnasium absolvierte er in Bistriţa/Nasod und Cluj/Klausenburg. Das Kind hatte sich besonders gut entwickelt, war sehr intelligent, sportlich und gut aussehend, sodass der Vater sich einbildete Alexander würde eine brillante Karriere in der Armee machen können.

Übrigens, in den damaligen Zeiten, es war irgendwie üblich, sogar eine Mode, dass Sprösslinge oberer Schicht der Gesellschaft eine militärische Karriere anstreben sollten.

Und so geschah es, dass am 1. November 1812, im Alter von nur 18 Jahren, Alexander beim Eugen Prinz von Savoyen Niederösterreichischer Dragoner Regiment Nr. 5 als Kadett aufgenommen wurde. Nach nur 8 Monaten wurde er als zweiter Unterleutnant in diesem Regiment befördert.. Man kann sich gut vorstellen was für einen Eindruck die glänzende Uniform aus weißer Rock, stahl grüne Egalisierung, weiße Hosen und weiße Knöpfe auf dem jungen Unterleutnant machten. Doch, es waren turbulente Zeiten.

Es waren die Jahre der Napoleonischen Kriege, die k.und k. Armee hatte große Verluste, brauchte Nachschub, junge neue Offiziere sollten ausgebildet werden.

In diesen Jahren war das Regiment in Reps/Rupea in Siebenbürgen stationiert, ohne Inhaber, Kommandant des Regimentes waren Oberst Franz Freiherr von Gabelkoven und dann Oberst Graf Franz Chorinsky.

Eine Ausnahme waren die Jahre 1814-1815 als das Regiment in Vicenza stationiert wurde.

Bis 1813 erhielt Alexander die notwendige Ausbildung in Reps, um dann 1813 bis 1815 an den Feldzügen des Regimentes teilzunehmen. Übrigens, im Jahr 1813 es waren nur Patrouillen und Sicherungsdienste in Innerösterreich zu absolvieren.

Im Jahr 1814 aber, Eskadronen des Regimentes wurden am 8. Februar in der Schlacht von Mincio zwischen Eugène de Beauharnais und FM Heinrich von Bellegarde involviert.

Die Schlacht endete unentschlossen, Verluste wurden von beiden Seiten gemeldet und unglücklicherweise Alexander wurde gefangen genommen.

Die Gefangenschaft hatte nicht lange gedauert, weil nach nur 3 Monaten, am 12. April 1814 fand die bedingungslose Abdankung des Kaisers Napoleon statt.

Alexander kehrte gleich zurück zu seinem Regiment, nach Vicenza, um dann im Jahr 1815, wegen der Hundert Tage Herrschaft Napoleons, in Südfrankreich, ohne Gefechtstätigkeit stationiert zu sein.

Für seine Verdienste in diesem Krieg bekam Alexander das Armee - Kreuz 1813/1814.

Dieses Kreuz wurde von Kaiser Franz I am 31.5.1814 gestiftet und auch Kanonenkreuz genannt, weil es aus eroberten französischen Kanonen gegossen wurde.

Die Auszeichnung wurde an alle Männer, die aus dem Feldzug 1813-1814 zurückkehrten, verliehen und kam ungefähr 100.000 Mal zur Verleihung.

Ende des Jahres 1816 finden wir Alexander wieder in Reps, in Siebenbürgen, wo er in der Position eines Unterleutnants bis 1821 blieb. Inzwischen bekam das Regiment als Inhaber den FML Friedrich Johann Freyh. V. Mohr und später als Regimentscomandanten den Obersten Franz Villata von Villatburg.

Kanonenkreuz, Bronze vergoldet

Ein Jahr später, Alexander wurde zum Oberleutnant befördert und behielt diese Position weitere 6 Jahre 11 Monate und 28 Tage, wie in der Individual-Beschreibung festgehalten ist.

Im Jahr 1824, hieße für besondere Verdienste, wurde ihm das silberne Militär Ehren Medaille oder silberne Tapferkeitsmedaille Kaiser Ferdinand I, 1 Klasse verliehen.

Im Jahr 1829 kam dann die Beförderung als zweiter Rittmeister und nach weiteren 3 Jahren 3 Monaten und 15 Tagen als erster Rittmeister des Regimentes. Inzwischen man änderte den Namen des Regimentes in 5-te Böhmische

Dragoner Regiment mit dem Stab in Güns/Köszeg, eine Kleinstadt Ungarns im Komitat Vas. Der Kommandant des Regimentes wurde Oberst Graf August von Bellegarde.

Endlich, nach weitere sieben Jahren, am 6-ten November 1836 erhielt Alexander die Würde eines k.k. Kämmerer.

Alexander blieb in diesem Regiment in Güns noch zwei weitere Jahre. Im Jahr 1838, nach 28 Jahre Verdienste in diesem Böhmischen Dragoner Regiment, Alexander wurde versetzt als Major beim Erzherzog Johann Galizisches Dragoner Regiment Nr.1 mit Stab in Moor, Komitat Fejér in Ungarn, wo der Oberst und Regimentkommandant Carl Edler von Ballarini war.

Major Alexander ist jetzt 42 Jahre alt, ist Stabs-Offizier, ist k.k. Kämmerer, besitzt das Armee-Kreuz und die silberne Tapferkeitsmedaille. Vor allem er ist extrem gut ausgebildet.

Aus zwei Individual-Beschreibungen vom Jahre 1845 und 1847 erfahren wir, dass *er ist fließend in Deutsch, Ungarisch, Latein, Walahisch, ist gut in Italienisch und Französisch und hat umfangreiche Kenntnissen in Geographie, Geschichte und Statistik.* Er ist auch in anderen wissenschaftlichen Fächern sehr bewundert.

Im Jahr 1843 wurde Alexander zum Oberstleutnant befördert. In dieser Position blieb er nur drei Jahre.

Im Jahr 1846 Alexander Sombory von Magyar Nagy Sombor wurde Oberst und Regimentskommandant des 11 Siebenbürgischen Gränz Husaren Regiments mit Stab: Sfantul Gheorghe, in Siebenbürgen. Irgendwie kann man sagen, er kam nach Hause.

Das Husarenregiment Windisch-Grätz war um 1762 als Szekler Grenz-Husarenregiment tätig. Die Szekler hatten einen guten Ruf innerhalb der k.u.k.- Regimente. Sie wurden vor allem aus den Bezirken Drei Stühle/Trei Scaune, Ciuc/Csík und Eisenmarkt/Hunedoara gewählt, die Offiziere kamen aber aus dem ganzen Kaisertum.

Zwischen 1762 und 1851 funktionierte das Regiment ohne Regimentsinhaber, und zwar nur als Szekler Grenz-Husarenregiment und hatte 8 Eskadronen.

Regimentsinhaber sind ab 1850 Alexander Prinz von Württemberg und ab 1887 Joseph Prinz zu Windisch-Grätz geworden.

In diesem Regiment finden wir noch den Oberstleutnant Anton von Hegyi, die Majoren Emerich von Nagy, Johann von Pocsa, Ladislaus von Hathaza der auch General-Kommando Adjutant in Siebenbürgen ist, erste Rittmeister Marcant von Blankenschwert, Franz Freyherr Suini, Josika Freyherr von Branycska, Sigismund Freyherr von Wernhardt, die Oberleutnants Ludwig von Sántha, Alois von Kozma, Johann Feryherr von Banffy-Losoncz, den Unterleutnant Samuel Freyherr von Bruckenthal und viele andere bekannte Namen aus dem Adelskreis Siebenbürgens.

Alexander ist zu diesem Zeitpunkt 52 Jahre alt und an einem sehr hohen Punkt seines militärischen Laufbannes gestiegen.

Er ist Regimentskommandant, Träger des Kanonenkreuzes und der silberne Tapferkeitsmedaille Kaiser Ferdinand I, 1 Klasse und besitzt die Würde eines k.und k. Kämmerer.

Die Individual-Beschreibungen aus dem österreichischen Kriegsarchiv vermerken, dass Alexander besaß ein eigenes Vermögen und dass er sehr gut „ equipiert" war.

Beim Punkt „Physische Kräfte und Constitution" finden wir, dass er „ist gesund, vollkommen, zu Feld-Kriegsdienste geeignet".

Beim Punkt „*Moralischer Charakter*" er ist beschrieben als „*Eiter und ehrgeizig, voller Ambition, von festem Charakter, ist von guten Sitten und gut rangiert, Höchstsinn für Arbeit und Selbstbildung, daher sehr bescheiden und in jeder Beziehung sehr achtungsvoll*".

Weiter, bei der Frage „*Betragen im Allgemeinen so wie gegen Vorgesetzte und Untergebenen*", finden wir:

„*Zu geselligen leben sehr anständig, gegen Vorgesetzte mit Achtung, gegen Untergebenen belassen, streng, aber recht, dabei sehr Wollwollen. Wird im Regiment und allgemein sehr geschätzt und geachtet*".

Bei der „*Verwendung im Dienst*" Alexander wird als „*geschickt, mickrig, bewundert für die Theoretischen, Praktischen und Organisatorischen Fähigkeiten, sehr guter Pferdekenner, ist voll Energie, extrem intelligent, findet schnell richtige Strategien, korrekte Beurteilungen und ist sehr geschätzt*".

Wie hat er eigentlich ausgesehen?

Das Porträt zeigt uns einen schönen, selbstbewussten, kräftigen, energischen, stolzen Mann, ein echter Kommandant.

Die österreichischen Individual-Beschreibungen bezeichen Alexander als ledig. Die ungarischen Turul Dokumenten enthalten eine andere Information, und zwar dass er verheiratet war mit Petrichevich-Hórvath Julianna aus Széplak, geboren 24.04.1805 und dass sie zwei Kinder hatten, János und Anna.

Wahrscheinlich hat er sich in den jungen Jahren verliebt und geheiratet und zwar als er Unterleutnant in Reps 1821 stationiert war. Es kann sein, dass er die Genehmigung der k.k. – Kanzlei nicht bekommen hatte und auf dieser Weise, in den Akten, „ledig" vermerkt wurde.

Noch etwas. Alexander war ein Reformist, so wie viele ungarische Offiziere. War diese Tatsache ein Grund dafür das er, trotz viel Lob seitens der Vorgesetzten, einen so langsamen Aufstieg erlebt hat? Wer weiß?

Nun kommen wir schön langsam zu den Revolutionsjahren 1848-1849. In Siebenbürgen herrschte die Verwirrung über, wer –zu-wem treu geblieben ist, ein Bürgerkrieg entflammte.

Um ein genaueres Bild über die Lage zu haben, sollen wir uns an einige historische Fakten erinnern. Im Jahr 1848, Siebenbürgen befand sich unter der Herrschaft des Kaiserreiches Österreich.

Ungarn, das ebenfalls unter habsburgischer Herrschaft stand, strebte die Unabhängigkeit. Und so geschah es, dass in Budapest eine eigenständige Regierung des Premierministers Lajos Bátthyány eingesetzt wurde, Ferdinand I wurde weiter als König anerkannt, und eine Reihe von Staatsreformen, die Aprilgesetze vom 11. April 1848 wurden verabschiedet. Es folgten zahlreiche Unruhen und Kämpfe der einfachen Bevölkerung.

Dann, im Herbst, am 12. September 1848 Lajos Kossuth wird, anstelle Bátthyány, Ministerpräsident und verwehrt dem Kaiser die Anerkennung als König von Ungarn. Als Folge, der Kaiser in Wien löste den ungarischen Landtag auf und erklärte in Ungarn den Kriegszustand.

Die 1848 Revolution entflammte auch in Siebenbürgen. Die Bestrebungen vieler Siebenbürger Ungarn war die politische Union mit Ungarn und von Österreich autonom zu sein. Die Bestrebungen der Rumänen war die Gleichstellung gegenüber den anderen Nationen und die der Sachsen, Rumänen und aller anderer Nationalitäten, die damals in

Siebenbürgen lebten, die bürgerliche Freiheit und Annerkung bürgerlicher Rechte.

Die Volksversammlung in Blaj am 15. Mai 1848, von Avram Iancu und Simon Barnutiu organisiert, verabschiedete einen Förderungskatalog an den Kaiser und den Siebenbürgischen Landtag in dem die Gleichstellung der rumänischen Nation gefordert wurde.

Gleich danach, am 30. Mai, ohne sich die Zustimmung der Rumänen und Sachsen zu holen, verabschiedete der Landtag in Klausenburg die Union Siebenbürgens mit Ungarn.

Es organisierten sich ungarische Nationalgarden und begann der Kampf gegen die österreichische Armee, die in Siebenbürgen stationiert war, um die Herrschaft über Siebenbürgen zu bekommen.

Die Rumänen und Sachsen akzeptierten die Ungarische Hegemonie nicht, sie fürchteten die bevorstehende Magyarisierungspolitik – die eigentlich später tatsächlich eintritt- und kämpften, zusammen mit der österreichischen k.k. Armee, gegen die siebenbürgische-ungarische Honvéd-Armee.

Es brach also ein Bürgerkrieg. Es war nicht mehr der Kampf zwischen Reichen und Armen, sondern es entflammte sich ein Kampf auch zwischen Nationalitäten: Ungarn, Rumänen, Sachsen.

Damals Oberbefehlshaber österreichischer Truppen in Siebenbürgen war Feldmarschall Puchner der bereits 1840 als Gouverneur von Siebenbürgen ernannt wurde.

Und es gab auch den polnischen General Józef Bem. Dieser stand auf der Seite der Revolutionäre und er erhielt von der Regierung Kossuth den Oberbefehl in Siebenbürgen, wo er die Szekler Honvéd-Armee organisierte und der Krieg gegen die Armee von FML Puchner führte, für einige Monate, sogar mit voll Erfolg.

Im Herbst des Jahres 1848 Alexander, der seit zwei Jahren Regimentskommandant des 11 Szekler Grenz-Husaren-Regiments war, befand sich in Sfantu-Gheorghe, und war – selbstverständlich - ein treuer Offizier kaiserlicher Armee. Und plötzlich, dieser Mann, der berühmte hochbegabte Kommandant gerät in eine unglaubliche, tragisch-skurrile Angelegenheit der 1848-Revolution, die eine Stadt vernichtete und seiner Karriere ein trauriges Ende brachte.

Aus offiziellen Quellen erfahren wir folgendes.

Die österreichischen Geschichtsbücher geben eine kurze Auskunft.

Im Revolutionsjahr 1848, 3 Divisionen des 11 Szekler Husaren Regiments unter der Führung von Oberst Alexander Sombory kämpften gegen die kaiserlichen Divisionen. Auf Befehl des ungarischen Ministeriums wurde die sogenannte Kossuth Armee gegründet mit dem Kommandanten Alexander Sombory und hat gegen die kaiserliche Armee gekämpft. Nur die Division Majors Suini war den Fahnen treu geblieben. Im Jahr 1850 Oberst Alexander Sombory wurde dann als „Unangestellt zu Hermannstadt" gemeldet und in die Pension geschickt.

Die ungarischen Quellen, sei es Geschichtsbücher oder Zeitungsartikel sind ebenfalls kritisch, aber anders.

Sándor Sombory, ungarischer Name von Alexander Sombory, wurde als General Kommandant der am 20. Okt. 1848 in Lutitia/Ágyagfalva in Siebenbürgen gegründeten große Kossuth-Armee genannt. Kurz danach, am 5. Nov. 1848 bei der Schlacht von Tîrgu Mureş/Neumarkt ein Teil von etwa 12.000 Husaren dieser Armee, geleitet von Sombory Sándor, Dorsner Freyherr von Dornimthal und Karol Dobay hat eine schwere Niederlage gegen die kaiserliche Armee, geleitet von Joseph Gideon, annehmen müssen. Die Tätigkeit von Sándor Sombory als Kommandant löste sich sofort auf und zusammen mit Dorsner kehrten sie zurück zum Feldmarschall-Leutnant Puchner, der Oberbefehlshaber der österreichischen Truppen in Siebenbürgen, und zu der kaiserlichen Armee.

Die ungarischen Quellen sehen die beiden als Verräter, Dorsner wäre sogar mit der Kasse der Armee geflüchtet. Dorsner nahm weiter Teil an Gefechten und blieb in der Armee bis 1853. Über Sombory Sándor werden keine weiteren Aufzeichnungen gemacht, die Quellen behaupten, er hätte den Kriegsplatz schamlos verlassen und geflüchtet.

Was ist also geschehen? Glänzende Karriere in die kaiserliche Armee und dann auf einmal in die Ungnade gefallen und von beiden Seiten, Österreicher und Ungarn, verurteilt und als Verräter eingestuft? Wie ist es dazu gekommen? Wo liegt die traurige Wahrheit?

Es war sodass im Herbst des Jahres 1848, Berzencsey László, der übrigens aus Gurghiu/Gurgen stammte, wo sich damals seine Gattin und die ganze Familie befanden, kehrte von Budapest zurück nach Siebenbürgen mit dem Befehl, von Kosuth erhalten, den Aufstand der Szekler zu organisieren.

Er war ein ausgezeichneter Redner und wusste genau, wie man das Publikum zum Jubeln bringen konnte. Manchmal wurde er auch „ kleiner Kossuth" genannt.

Übrigens er hatte einen interessanten Lebenslauf. Später, nach dem er zum Tode verurteilt wurde im Jahr 1851, emigrierte er zusammen mit Kossuth in die Vereinigten Staaten von Amerika. Blieb nicht lange Zeit dort, hatte keine Ruhe und ging auf lange Reisen nach Hongkong, Tibet, Indien, London, Ural, Türkei. Irgendwann wurde er in

Klagenfurt verhaftet, kam aber nach der Ausgleich Österreich-Ungarn frei, ging weiter auf Reisen nach Asien, kam wieder nach Ungarn zurück und starb in eine Nervenanstalt. Es ist offensichtlich dass er an den Revolutionswahn gelitten hat.

Und so, am 16. Oktober des Jahres 1848 sammelten sich in Lutitia/Ágyagfalva in Siebenbürgen, ungefähr 60.000 bewaffnete Szekler, um neben den Aufständischen zu schwören, die ungarische Regierung in Budapest zu unterstützen.

Anschließend, nach unzähligen patriotischen Parolen, Liedern, Fahnen und Messen, die Stimmung wurde so erheizt dass am 20. Oktober eine unabhängige szekler Armee, die sogenannte „Kossuth Armee" gegründet wurde. Sie bestand aus drei Divisionen der *11 Siebenbürgischen Gränz Husaren Regiments und freiwilligen Szekler*. Nach dem Vorschlag von Berzencsey, als Kommandant der Kossuth Armee wurde Alexander Sombory gewählt. Warum hat man so eine Armee gebraucht? Was war der Zweck?

Die Gruppe der Radikalen bei dieser Versammlung behauptet: die Kossuth Armee ist notwendig für den persönlichen Schutz ungarischer Bürger in Siebenbürgen. Die Frage bleibt: hat sie jemand wirklich bedroht?

Man sagte, dass die Teilnahme an dieser Armee freiwillig war, aber es stellte sich heraus, dass es nicht so war und die Szekler, die nicht teilnehmen wollten, wurden bestraft.

Und es geschah so, dass gerade als Berzencsey eine seiner flammierenden Reden hielt, kam die Nachricht, dass eine Brigade von Oberst Karl von Urban, von ungefähr 1200 Mann, hätte die Stadt Neumarkt besetzt und dass die ungarischen Bürger und Edelleute in Gefahr seien. Niemand wusste so ganz genau, ob die Nachricht wahr ist oder nicht, aber Berzenczey verlangte einen sofortigen Angriff auf Neumarkt, mit etwa 7-8000 Soldaten. Gleichzeitig, die restlichen Soldaten sollen nach Hause gehen und Anweisungen abwarten.

Man merkt ja, wie verwirrend die ganze Sache war, wie viel Revolutionswahn und Manipulation der Bevölkerung herrschte?

Über seine Teilnahme an dieser Versammlung hatte Sombory FML Puchner informiert und seine Zustimmung geholt, mit der Absicht diese Sammlung zu kontrollieren, aber es kam anders.

Alexander war selbst überrascht von der Nominierung als Kommandant der Kossuth Armee und er hätte es ablehnen können, weil er österreichischer Oberst war. Angeblich vor dieser Versammlung vollblütiger Revolutionäre, es fehlte ihm der Mut sich zu widersetzen und glaubte er würde alles selbst kontrollieren können. Ich denke, es waren auch die Reize der Macht, Anführer von bis zu 60.000 Kämpfer zu sein, die ihm dazu bewegten zu akzeptieren. Das war sein Fehler. Diese „Kossuth Armee" war alles andere als eine normale Armee. Und was geschah?

Eine Woche später, unter der Führung von Sombory und Drosner, ein Teil dieser Armee wurde in eine unsinnige und verwirrende Schlacht beim Szasz-Regen/Reghin, 50 km von Targu-Mures/Neumarkt entfernt, gegen die kaiserliche Armee des Obersten Urban verwickelt und geschlagen.

Man erzählt dass die Militäreinheit von Urban sich tatsächlich am Stadtrand von Sächsisch-Regen in Stellung befand und wurde durch die städtische Bürgerwehr verstärkt. Die Szekler-Armee, rückte auf die Stadt vor,

Parlamentäre forderten die Übergabe der Stadt und ein Lösegeld von 50.000 Gulden, was beides abgelehnt wurde. Die Verteidiger waren der Szekler Armee unterlegen und noch am selben Tag wurde die Stadt nahezu kampflos aufgegeben. Es folgten Plünderung und Niederbrennen der Stadt, ein Großteil der Wohngebäude, Werkstätten, die Kirchen und öffentlichen Gebäude wurden ausgeplündert und durch den Brand vernichtet. Die stolze Kossuth Armee hat alles vernichtet, was sie vernichten konnte. Ein Jahr später lag die Stadt noch immer in Trümmern.

Es waren unglückliche Zustände die dem Alexander viel Kummer verursacht haben. Ein hochgeachteter österreichischer Oberst verwickelt in einem Kampf gegen die österreichische Armee? Wie ist es dazu gekommen?

Viel später, Ende 1849 fand ein Verhör statt und aus dem *„Summarischen Verhör welcher auf Befehl des hohen K. und K. Klausenburger Corps Commando mit dem k. k. Herren Obersten Alexander von Sombory aus Sofalva, am 11 dez. 1849 aufgenommen wurde"* erfahren wir, von Alexander Sombory selbst dargestellt, die Wahrheit über die Lage beim Sächsisch-Regen Gefächt im Herbst 1848.

Wir sollen also den Text des Auszugs aus dem „Summarischen Verhörs" folgen.

„ Ich heiße Alexander von Sombory aus Sofalva, im Dobokaer Comitate gebürtig, 57 Jahre alt, reformiert, ledig, habe die Kriegsartikel vorlesen gehört und zur Fahne geschworen nie gerichtlich untersucht, K.K. Kämmerer und Oberst im Szekler Husaren Regiment Nr. 11."

Nach einigen Zeilen finden wir:

„Demnach teilte ich das Volk nach den Jurisdictionem in sogenannten Brigaden ein, bestimmte für die Csiker Brigade den

Obersten Dorsner, für die Johannes Skékler den Oberstlieutenant Donath, für die Udvarhely Székler den Oberstlieutenant Betzmann und für die Maros Székler, auf Vorschlag des Berzencsey den Grafen Lazar Dénes zum Commandanten mit dem Auftrag das weitere Organisieren ihren Brigaden in Regimentern, Battalione, etc. selbst zu bewirken, wonach die Standübungsweise zu verfassen und solche mir zu unterlegen. Diese konnte ich aber nie erhalten, wonach war mir auch der Stand der ganzen Szekler Armee nie genug bekannt und ich konnte solche mir beiläufig auf 35.000 Mann schätzen, dann 3- 4.000 mit Feuergewehre, die übrigen mit Lanzen, Heugabel, Streugabel und Stächen bewaffnet gewesen sein dürften; wie oberflächlich diese Organisierung von sich gehen konnte, kann man sich denken, wenn man weiß, dass 2 Brigaden schon denselben Nachmittag ihren Marsch antraten mussten.

Während der Organisierung wurde das Volk beeidet und schon „Seiner Majestät dem König treu zu bleiben, die Constitution aufrechtzuerhalten und dem ungarischen Ministerium zu gehorchen", die nötige Form zu Disziplin einzuführen und solche in der Folge aufrecht zu erhalten; dies war mir unmöglich, so war dann nicht der Wert der Zustand in so kurzer Zeit; Exzessen fanden schon in den ersten Marsch Station statt, welche in den Höfen von Szekler Herrschaften verübt wurden. Oberst Dorsner wurde angewiesen Maros Vasarhely zu besetzen, Donath und Lazar Dénes aber die Gegend von den Kokkel Nyárad und an den Maros bis Radnoth und die Mezöség zu begingen, die dort versammelten Aufständischen zu bezwingen, die Gefangenen Ungarn zu befreien und Edelleute so wie sonstige Bedienstete zu beschützen.

Auf meinem Marsch habe ich mich in der Station Szitás Keresztur einen Tag aufgehalten, von hieraus wollte Berzencsey Schäßburg umzingeln und auffordern, man soll uns, die darin befindlichen Kanonen zum Gebrauch ausflogen, diesen Unsinn *widersetzte ich mich, wissend „dieses heiße so wie, als die Stadt wo kaiserliche Militär liegt anzugreifen, somit gegen den Volksbeschuss zu handeln, er gab nach, und begnügte sich damit Vorerwähnte Aufforderung durch Parlamenten zu Stellen worauf - wie es zu erwarten Stand, seine verweigernde Antwort erfolgte.*

Ich marschierte nun weiter nach Vasarhely hin, angelangt blieb ich mit mein Teil der Armee mehrere Tage; ohne etwas anzunehmen, und glaubte Herr Oberstlieutenant Urban würde in Aufforderung des Obersten Dorsner die gefangenen Ungarn freilassen und Szasz-Regen verlassen, wodurch jeden Conflict mit kaiserlichen Truppen /: denn ich sorgfältigst ausweichen wollte :/ vermieden worden wäre, dies erfolgte eben nicht, die Armee wurde höchst ungedüldet, fing an mich zu verdächtigen und äußerte laut den befohlenen Wunsch gegen Szasz-Regen vorzurücken, ich war nun gezwungen, diese Vorrückung anzuordnen, hin zu verordnete ich den Obersten Dorsner und Lazar Dénes am rechten Ufer der Maros gegen die Stadt hinauf zu rücken, ich ging linken Ufer hin aufwärts und marschierte ohne den geringsten Widerstand.

Am 2-ten Tag bei Abafaja ankommend fand ich schon den Obersten Dorsner nach Vorgefallenen kleinen Scharmützel, bis an die Stadt vorgerückt und die Truppen vor der Stadt aufgestellt.

Oberstlieutenant Urban hatte, den Übermacht weichend, die Stadt verlassen; die mit mir marschierten Truppen wurden zwischen der Stadt und Abafaja aufgestellt, ich gab den strengsten Befehl: „bei standrechtlicher Behandlung sollte niemand wagen, ohne Erlaubnis in die Stadt zu gehen, dort zu plündern oder sonstige Exzessen zu begehen, der Stadt werde eine Kriegssumme auferlegt und solche in die Truppe verteilt werden.

Dieser nach marschierte ich West mit Oberst Dorsner mit dem Csiker Battalion und Szekler Huszaren in die Stadt, diese Truppen zum Bewachung der Stadt und Ausstellung von vergesten verstimmend. Abends begab ich mich nach Abafaja; die Stadt war nicht nur ohne Behörde, sondern, sozusagen menschenleer; die Einwohner geflüchtet; der Postmeister und sonst noch ein ansehnlicher Mann, vielleicht ein Senator oder sonstiger Beamter war vorhanden die einige Auskünfte erteilen konnten und diese versicherten „die Entrichtung einer Summe von Seiten dieser Menschenlehren Stadt sei eine Unmöglichkeit.

Dies führte das Unglück dieser bewunderungswürdigen Stadt herbei, die Szekler anhörend die Summe sei hindurch völlig verweigert, gerieten in voller Wut, gaben sich trotz meines strengen Verbotes der Plünderung hin, welche zu verhindern /: bei Mangel anderweitigen disziplinierten Truppen:/ unmöglich war.

Es dürfte übrigens sein, dass ihnen hinzu ein heimlicher Hinweis Tipp gegeben wurde die Stadt hat keine Verteidigung; die erste Brandlegung soll durch 2 Stadtbewohner selbst geschehen sein ; von den Grausamkeiten, welche hinverübt worden sein sollen, habe ich erst nach meiner Rückkehr im Haromszeck gehört.

Dann U. Oberstlieutenant Urban zu verholfen, ließ ich mich durchaus nicht herbei, eilte vielmehr nach Vasarhely zurück mit dem Auftrag den Rest der Szekler Armee, welche mir Diszipliniert folgte, ebenso sehr demoralisiert war, nach und nach zu entlassen.

Collationiert und mit dem im Untersuchungsakte des Herren K.K. Obersten v. Sombory anliegenden summarischen Verhör Protokolle und auszugsweise, wörtlich gleich treu lautend.

Am 26. Aug. 1852., ss.

Es war also eine komplette Verwirrung und Alexander wurde gezwungen Szasz-Regen anzugreifen. Die Armee, na ja, es waren revolutionäre und keine Soldaten, undiszipliniert, schwer zu beherrschen. Man berichtet dass auch Kinder dabei waren.

Die Tätigkeit Alexanders in die Kossuth-Armee löst sich gleich auf und er attaschiert sich der Armee von Urban.

Alexander blieb Oberst in der Armee bis Aug. 1849, danach wurde er als „Unangestellter Oberst" nach Hermannstadt versetzt. Er hatte also 37 Jahre und 20 Tage in der österreichischen Armee gedient.

Mit 21. November 1850 in Folge von M.K. 7064g Alexander trat die Pension an.

In der Conduitenliste ist vermerkt, dass er eine Pension von 1200 F bekam, bezahlt von der Kriegskasse.

Beim *„Ob und zu welcher Militär-Dienstleistung etwa doch noch geeignet"*, wurde vermerkt :" *ohne Superarbitrio"*.

Ihm hat man aber nicht in Ruhe gelassen. Im Jahr 1852 es gab ein Gerichtsverfahren, es war die Affäre Drosner auf der Tagesordnung und Alexander wurde als Zeuge vernommen. In diesem Zeitraum, eine ganze Reihe von Prozessen fanden in ganz Siebenbürgen statt, wo man nach Leuten gesucht hat, die irgendetwas mit der 1848 - Revolution zu tun gehabt haben.

Überraschenderweise wurde auch Alexander Schuldig gesprochen und mit dem Beschluss von MK 395 von 1852 und cf.112/1852 zu einer dreijährigen Haftstrafe verurteilt.

Im Gefängniss der Burg Sibiu, er hat sein Verstand verloren, er wurde verrückt. Man hat ihm dann vorzeitig entlassen. Völlig verstört, gedemütigt, Alexander stirbt im Jahre 1860 im Kreis seiner Familie. Seine Frau stirbt 24.10.1866 in Cluj.

Irgendwie eine sehr tragische Gestalt.

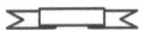

Gefangen von den Tataren

János Sombory war der zweite Sohn des Richters Gabor I
Sombory aus Klausenburg/Cluj und Enkel des einmal
mächtigen Präsens Siebenbürgens, Ladislau de Sombor.
Er hatte, zusammen mit anderen Sprösslingen siebenbürgischen adeligen Familien, Jus und Fremdsprachen an der
Universität in Padua studiert. Nach seiner Rückkehr wurde
gleich als Comes von Turda ernannt.

Man sagte, dass János ein echtes Sprachtalent war, er
konnte sich elegant und sachlich in Latein, Deutsch, Französisch, Englisch, Türkisch und Rumänisch ausdrücken.

Aus diesem Grund wurde er 1630 vom Fürsten Siebenbürgens, Rákoczi György I, als Botschafter nach Schweden
zum König Gustav II. Adolf entsandt. Er blieb dort bis 1635
und erlebte den Tod des Königs in der Schlacht bei Lützen
und die Übergabe der Macht an seine, damals noch minder-
jährige Tochter Christina.

Übrigens János hatte sich dort zahlreiche Freunde gemacht. Eng befreundet war er mit dem Axel Oxenstierna, der
schwedische Reichskanzler.

Ab 1635 finden wir János als Botschafter Ráckoczis in
Frankreich beim König Ludwig XIII. wo er bis zu diesem
Tod im Jahre 1643 blieb.

In Frankreich hatte sich János mit dem Kardinal Richelieu
befreundet. Es war eine sehr nützliche Beziehung, weil Richelieu derjenige war, der die Außenpolitik Frankreichs koordi-
nierte.

Diese hochrangigen Freundschaften haben János ermög-
licht, für den Fürsten Rákoczi, die Teilnahme an einem

Bündnis mit Frankreich und Schweden gegen die Habsburger zu agieren.

Das Ziel war, die habsburgische Vormachtstellung in Europa zu brechen.

Und so geschah es, dass Fürst Rákoczi im Jahr 1644 am 30-jährigen Krieg teilnahm und anschließend fast ganz Ungarn besetzte. Ende des Jahres stand er bereits vor Preßburg.

Ein Jahr später zwang er die Schließung des Frieden von Linz, die große Vorteile für Ungarn brachte, am wichtigsten war die freie Religionsübung.

Im Jahr 1644 finden wir János erneut in Frankreich, diesmal am Hofe der Regentin Anne d'Autriche und des noch minderjährigen Königs Ludwig XIV. Der Kardinal Richelieu war bereits 1642 verstorben und Anne d'Autriche stand unter den Einfluss von Kardinal Mazarin.

Besondere politische Ambitionen vertrat János nicht, der Anlass war eine Einladung nach Frankreich von Kardinal Mazarin selbst.

Dieser war ein begeisterter Bücherliebhaber und hatte eine kleine Aufstellung mit seinen letzten Akquisitionen organisiert. Eingeladen war die Elite der Kultur aus damaliger Zeit.

János war also dabei und er kam nicht mit leeren Händen. Er brachte eine Kuriosität mit, ein Probe Exemplar des *Biblia Rákócziana*, benannt auch *Das Neue Testament von Bălgrad*.

Es war die erste Übersetzung des Neuen Testaments in rumänischer Sprache und wurde in Alba Iulia/Weißenburg von Simion Ştefan, der orthodoxe Metropolit Siebenbürgens, ein Verbündeter Rákoczis, herausgegeben.

Für seine Verdienste wurde János, bei seiner endgültigen Rückkehr nach Siebenbürgen reichlich begütert und galt als einer der reichsten Adeligen im Norden Transsilvanien. Er wurde zum Comes von Neustadt/Baia Mare ernannt.

Geheiratet hat János die schöne, sehr gut ausgebildete Haczkoi /Hátszegi Anna. Man sagte, dass in Frankreich, am Hofe des Königs Ludwig der XIII, die Schönheit und das feine Benehmen der jungen Anna aus Transsilvanien besonders bewundert wurde.

Haczkoi Anna, stammte aus einer Großgrundbesitzerfamilie aus Crasna/Kraszna. Sie brachte ein sehr großes Vermögen in die Ehe, insbesonders nach dem Tod ihres Vaters, deren Erbin sie war.

Nach all den Jahren wo die Anna in besten Kreisen der Aristokratie verkehrte wurde Sie das Opfer eines tragischkomischen Geschehens.

Es war so, dass im Jahr 1661, nach dem Tod Georgs II. Rákoczi, Kemény János, ein Militärführer und vertrauter der Rákoczis, wurde Fürst von Siebenbürgen. Die Türken erkannten diese Nominierung nicht an. Sie unterstützten Mihai Apafi I und betraten Transsilvaniens Boden mit einer großen Armee.

Kemény bekam Unterstützung vom Kaiser Leopold I, mit einer Armee von 36.000 Soldaten unter der Führung des Generals Montecuccoli. Bei der Schlacht am Seleusul Mare, Kemény wurde getötet. Apafi Mihail I blieb für die nächsten dreißig Jahre, Fürst von Siebenbürgen.

Vor einigen Jahren, während des polnischen Feldzugs, der unglückliche Kemény János wurde von den Tataren in Gefangenschaft genommen. Sie hielten ihn gefangen auf der Halbinsel Krim, zwei lange Jahre bis 1659, bis er von Verwandten losgekauft wurde.

Kurz danach, als die Tataren hörten, dass Kemény ein Fürst von Siebenbürgen geworden war, haben sie sich unzufrieden gezeigt mit der Höhe des einbezahlten Lösegeldes und sind nach Siebenbürgen eingedrungen, um Kemény zu suchen.

Es ist bekannt, dass trotz innerer und äußerer Rückschläge, das Khanat der Krim auch im Verlauf des 17. Jahrhunderts ein Machtfaktor in der Region blieb.

Und so ist es gewesen, dass im Jahre 1661, Fürst Kemény János, samt seiner Armee auf den Weg nach Lăpuş/Oláhlápos machte, um sich von den Tataren in Sicherheit zu bringen.

Doch, er wurde auf Schritt und Tritt von den Tataren verfolgt. Kemény erfuhr dieses und begab sich auf einen anderen Weg.

Angekommen in einer Ortschaft, schickten die Tataren ein Spion der sich über Bewohner informierte, welche Richtung Kemény genommen hat. Die Bewohner waren selbstverständlich überhaupt nicht kooperativ und zeigten den Spion einen falschen Weg. Und so, verfehlten die Tataren den Weg zum Kemény, verloren die Spur des Fürsten und zogen Geradewegs nach Neustadt/Baia Mare fort.

Das Unglück war, dass sie auf diesem Weg die Domäne und Kurie des János Sombory erreichten, wo, seine Witwe sich aufhielt. Der Ex-Botschafter János war vor kurzem verstorben.

Die Tataren haben alles verwüstet, geraubt, geplündert und Haczkoi Anna samt hunderte Bauern wurden Gefangengenommen.

So kam die arme Anna in einem Harem der Aga Sabulat in Bachtschysaraj auf die Halbinsel Krim. Sie wurde eine Skla-

vin und konnte nur befreit werden für einen gewissen Geld-
betrag.

Der Haupthof des Khanpalastes Bachtschysaraj auf der Krim, signiert
Rudolf von Alt, um 1863

Verzweifelt, bat Anna dem Fürsten Apafi Mihály den ge-
forderten Geld-betrag zu schicken.

Im Abschnitt Dokumente dieses Buches, reproduzieren
wir eine Kopie ihres Briefes aus dem Jahre 1665.

Der Aga verlangte initial 6000 Gold Dukaten, dann 4000
und letztendlich die Mutter des Kahns hätte sich zufrieden
gestellt mit 2000 Gold Dukaten.

Wann wurde Anna endlich befreit ist uns nicht bekannt,
wir vermuten, dass Fürst Apafi ihr um 1666 das Geld geschickt hat.

Eine bemerkenswerte Sache, in einem anderen Brief, Anna verlangte, dass auch die Bauern sollen losgekauft werden sollen, auf ihre Kosten.

Fürst Apafi hat sich das bezahlte Geld zurückgeholt. Aus einem Dekret von 18.03.1688, erfahren wir, dass ein Teil des Anna Vermögens in Besitz des Fürstentums ging.

Während ihrer Abwesenheit, wurde ihr Vermögen von Verwandten geplündert, sodass in den Dokumenten, in kommende Jahren, ihr Name immer wieder in Verbindung mit Erbschaft - und Zivilprozessen aller Art auftaucht.

Ärzteprozess im Jahre 1486

Im Jahre 1486 war Matthias Corvinus von Eisenmarkt, ungarisch Hunyadi Mátyás, rumänisch Matei Corvin de Hunedoara, König von Ungarn und Stephan/István Báthory, Wojewode von Siebenbürgen.

Irgendwo, im Norden Siebenbürgens, liegt die Ortschaft Kikesch/Chiochiş/Kékes am Meles Fluss, dessen Name vom ausgedehnten Wald stammt. Die erste ungarische Einwanderergruppe in dieser Ortschaft war die Sippe Zsombori, die bereits Anfang des XIII. Jahrhunderts urkundlich erwähnt wird.

Ortschaft Kikesch , XIX Jahrhundert,

Schloß Wesselény

Da man der Plünderung der Gemeinde Kikesch und der benachbarten Ortschaften von den Ärzten Szilkereki Gebárt Benedek, Szomordoki Mihály und Korogyi Bertalan Potyondi János auf die Spur kam, diese im Namen des Mathias Corvinus und des Wojewoden von Siebenbürgen vor Gericht landeten.

Aber worum ging es überhaupt? (siehe Dokumente .5)

Die Gemeindebewohner zahlten jährlich dem Arzt eine durchschnittliche Gebühr in Höhe von einem halben Forint, eine ziemlich hohe Gebühr, für die ärztliche Betreuung. Aus der eingebrachten Summe wurden die Gehälter der Ärzte sowie deren Transport gesichert, da nicht jede Ortschaft über eine Arztpraxis verfügte. Man könnte es mit einer privaten Krankenversicherung für jederman vergleichen, eine äußerst fortgeschrittene Methode für die damalige Zeit, obwohl die Ärzte ein sehr gutes Einkommen hatten.

Gleichzeitig gab es auch den Brauch, aber nicht die Pflicht, dass die Ärzte bestimmte Geschenke von den Kranken erhielten, ein Brauch, der auch heutzutage, in einigen Krankenhäusern üblich ist. Nichts Schlechtes würde ich sagen, denn der kranke Mensch möchte in irgendeiner Weise seine Dankbarkeit gegenüber demjenigen, der ihn geheilt hat, äußern.

Unangenehm war die Tatsache, dass die Ärzte eine zusätzliche Gebühr für jede Untersuchung ausdrücklich verlangten. Man muss aber auch betonen, dass dieser Brauch, in einigen Ländern und bei einigen Ärzten, bis in die heutigen Tage überliefert wurde, das Thema ist aber ein Tabu.

Stellen die Ärzte eine besondere Kategorie von Fachleuten dar?

Im Laufe eines Gespräches mit einem Universitätsprofessor über dieses Thema fragte ich, wieso die Universitätsprofessoren kein Geld für jede einzelne Beratung forderten. Seine Antwort war ganz klar und aussagekräftig: *Weil Intelligenz nicht schmerzt!*

Die betroffenen Ärzte forderten nicht nur ungeheure zusätzliche, den finanziellen Möglichkeiten der Kranken nicht immer angemessene Abgaben, sondern sie benutzten auch andere Anlässe, um ihren persönlichen Wohlstand zu mehren.

Im Prozess wurden sowohl Adlige, die in Kikesch Grundstücke besaßen, als auch Leibeigene und gewöhnliche Leute als Zeugen geladen.

Zu Beginn versuchten sich die Nachfolger der Zsombori aus der Ortschaft fernzuhalten, denn man sollte erwähnen dass Gebárt Benedek Cousin mit den Töchtern des János IV Zsombori war.

Einer der Leibeigenen, der Zeuge Hemel György, behauptete, dass Gebárt Benedek außer der jährlichen Gebühr in Höhe von einem halben Forint zusätzlich von ihm noch einen Forint und dreiunddreißig Dinaren sowie einen Kübel Korn verlangte, nur weil Gebárt Benedek den Titel eines Arztes am Königshof trug.

Außerdem musste er, für jede Untersuchung an Gebárt einen Forint und an Szomordoki zusätzliche siebenunddreißig Dinaren zahlen.

Der Lehrer Jakab zahlte ebenfalls an Gebárt die jährliche Gebühr von einem halben Forint, aber zur Hochzeit des Arztes Gébárt musste er zusätzlich einen Forint und einen Kübel Korn schenken. Und als wäre das nicht genug, forderte auch der freche Diener des Arztes, Burján, zwei Forint für Dienste, die dem Lehrer unbekannt waren.

Der Bewohner Adorian János erklärte, dass er anlässlich der Hochzeit des Arztes zwei Forint und einen Kübel Korn schenken musste, obwohl er jährlich eine Gebühr in Höhe von fünfundzwanzig Dinaren zahlte und seit drei Jahren nicht mehr krank war.

Alpoch Mihály behauptete, dass er Gebárt gemäß seines nun höheren Ranges eines Arztes am Königshofe jährlich dreizehn Dinaren zahlte, jedoch war die Gebühr unerklärlich um zusätzliche 1,5 Forint gestiegen. Dafür musste er für jede einzelne Untersuchung extra noch einen Forint zahlen.

Der Adlige Adorján Osvát erklärte, dass er außer der jährlichen Gebühr an Gébárt in Höhe von einem Forint ebenfalls eine jährliche Gebühr von einem halben Forint an Szomordoki, den zweiten Arzt, zahlen musste.

Simon Pál sagte aus, dass er außer der jährlichen Abgabe von sechsunddreißig Dinaren an den dritten Arzt Korogyi für jede Untersuchung noch einen Forint an Gebárt zahlen musste. Wahrscheinlich hatte dieser den Titel eines Oberarztes.

Für die Hochzeit des Arztes Gebárt musste auch er zusätzlich einen halben Forint spenden.

Der Leibeigene Monyorosi Tamás behauptete, dass er jährlich fünfundvierzig Dinare zwangsweise entrichten musste. Konnte er die Summe nicht zusammenbringen, war er verpflichtet für einen Monat als Hauspersonal unbezahlte Arbeit beim Korogyi zu leisten.

Der Adlige Oszvald Imre sagte aus, dass er nach Gebárts Umzug an den Königshof für die Zahlung der Apanage des neuen königlichen Arztes zusätzlich drei Mal eine Abgabe von zwei Forint und siebzig Dinaren entrichten musste, obwohl er die jährliche Gebühr in Höhe von einem halben Forint bezahlte.

Die Adlige Adorján Demeter und Nagy Barna erklärten, dass sie die jährliche Gebühr von einem halben Forint bezahlten, aber auch für jede einzelne Untersuchung beim Szomordoki, noch einen Forint begleichen mussten.

Unter den Adligen sagte auch die Witwe des Geréb Bálint aus, dass sie dazu gezwungen worden sei, als Hochzeitsgeschenk für Gébart ein Weinfass zu kaufen, obwohl ihr Ehemann eine jährliche Gebühr von einem Forint und für jede Untersuchung drei Forint zahlte. Für das Weinfass gab er drei Forint und dreiunddreißig Dinaren aus.

Auch Ilona IV. Zsombory, die Tochter des Tamás Zsombory und der Hedwiga Báthory, Witwe des Adligen Ördög Simon, sagte als Zeugin aus.

Sowohl sie persönlich wie auch ihr Ehemann mussten außer der jährlichen Gebühr in Höhe von je einem Forint zusätzlich für jede Untersuchung drei Forint an Gebárt und andere drei Forint an Számordoki zahlen. Für die Hochzeit Gebárts mussten auch sie ein Weinfass spenden, das sie für zwei Forint und zwanzig Dinaren kauften.

Man stellte also fest, dass die Gebühren und Extra-Gebühren der Ärzte proportional zum Wohlstand der Patienten waren.

Diese Plünderung berücksichtigend, beschloss das im Namen des Königs und des Wojewoden einberufene Gericht, dass das gesamte eingenommene Geld den Benachteiligten vollständig rückerstattet werden sollte. Der Betrag bezog sich auf die gesamte Dauer, in Jahren und Monaten, in der diese Ärzte in Kikesch tätig waren.

Darüber hinaus sollten alle Kranken aus den benachbarten Ortschaften, die von Ärzten zu Hause besucht worden waren, vollständig entschädigt werden. Die Ärzte Szomordoki

Mihály, Korogyi Bertalan Potyondi János sowie die Nachfolger des Gébart Benedek, verstorben im Laufe des Prozesses, wurden dazu verpflichtet, die illegal eingenommenen Beträge den benachteiligten Personen unmittelbar rückzuerstatten.

Ab dem Zeitpunkt waren die Bürger nur zur Zahlung der jährlichen Gebühr verpflichtet.

Wir sind der Meinung, dass das gefällte Urteil zu mild war, zumal die Leibeigenen und die Armen von diesen Abgaben unermesslich betroffen worden waren. Aber zur damaligen Zeit gab es in dieser Hinsicht leider keine anderen Gesetze.

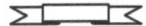

Der Fall des Brandes aus Bistritz im Jahre 1449

In dem Jahr ist Gergely I. Schlossherr von Gela /Gilău/Gyalu, hatte aber im Zentrum von Bistritz/Bistriţa ein sehr schönes Haus, in dem sein Sohn und seine Frau zusammen mit der Dienerschaft wohnten.

Bistritz im XVIII. Jh. ,
nach M.Visconti, Mappa della Transylvania

Im Januar des Jahres 1449, auf der Straße, wo sich das Haus von Gergely befand, bricht ein heftiger Brand aus, und mehrere Häuser aus der Nachbarschaft von Gergely werden vollkommen zerstört. Als Gergely diese Nachrichten hörte, kam er eilig zurück nach Bistritz und klagte vor Gericht an.

Hertel Péter, Richter von Bistritz, zusammen mit seinen Kumpels Pelzhandwerker Daniel, Thomel und Demeter, erklärten den sächsischen Juwelier Georg für schuldig der Brandstiftung und kerkerten ihn ein. Es erschien sogar ein Zeuge, der behauptete, Georg dabei ertappt zu haben, eines der Häuser in Brand gesetzt zu haben. Er wisse auch, Georg sei von der Eifersucht seiner Frau dazu aufgehetzt worden.

Folglich kerkerte der Richter Georgs Frau mitsamt Dienerschaft ein. Eine große Gruppe von Bürgern forderten Rache und beantragten, dass die Ehefrau auf dem Scheiterhaufen verbrennen soll.

Georg, wendete sich verzweifelt an Herpei Mark, der Vizewojewoden/alvajda von Siebenbürgen, erklärt seine Unschuld und beantragt die Untersuchung des Falles. Der Vizewojewode schickt Zwachki Orros Antal und den Bruder Berthalan nach Bistritz/Bistriţa, um die Situation zu analysieren und um etwas Licht in diese Affäre zu bekommen.

Es fand eine neue Vernehmung des Zeugen statt, der nun verängstigt erklärte, dass er von Daniel, Thomel und Demeter mit Geld und Geschenken bestochen worden war, um Georg zu beschuldigen.

In die ganze Angelegenheit wurde nun Klarheit geschaffen. Wo lag der Grund der ganzen Sache?

Daniel, Thomel und Demeter machten Handel mit Pelzen, doch viel effizienter und reicher war ein sächsischer Pelzhändler, dessen Haus sie aus Hass und Neid angebrannt hatten. Ebenfalls aus Neid wollten die Brandstifter die Schuld für den Brand dem Juwelier Georg geben, der seinerseits ein nennenswertes Vermögen angesammelt hatte. Es ist nicht nur die Rede vom Kampf zwischen den Zünften, sondern auch von Streitigkeiten zwischen der Szekler- und Sachsengemeinschaft, die sich nun bemerkbar machten.

Eine wichtige Rolle in der Enthüllung der Wahrheit spielte Bruder Bertalan.

Die Unschuld von Georg und seiner Familie wurde somit bewiesen und Daniel, Thomel und Demeter mussten den durch den Brand beschädigten, Georg miteingeschlossen, Abfindungen bezahlen, und der Zeuge, eigentlich ein Leibeigener von Demeter, musste Strafgeld für falsche Aussagen bezahlen. Die ganze Angelegenheit wie auch das Urteil wurden den Bürgern im Rahmen einer Versammlung der Adligen *"congregatione universitas nobilum Siculorum ac Saxonium"* mitgeteilt.

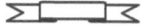

Eher belanglose Ereignisse

Heumähen

Im März 1525 befinden wir uns bei einer Adelversammlung in Thorenburg/Turda. Anwesend waren Vizekomes Sombory Péter III., Somy Benedek, Martin Valkay, Emerik Gyeröfi, István Csomafy, Ferenc Rohody von Csomafaya, Nicolo von Cheh, János Gyulay und noch viele andere.

Mihály III. Sombory fehlte, denn er musste eine Reise nach Orşova/Görgényorsova unternehmen.

Während der Gespräche, betritt Kristof Kábos, der Gesandte des Wojewoden, den Raum und legt eine Beschwerde seitens einiger Adligen an den Wojewoden vor. Worum ging es:

Vizekomes Sombory Peter III. und sein Bruder Mihály III. hatten zum Zeitpunkt Grundstücke in Racoş/Rákos und Chendrea/Kendermezö. Péter III. verordnet das Grasmähen sowohl auf seinen und seines Bruders Grundstücken in diesen Ortschaften als auch auf den Grundstücken zwischen den Ortschaften, die einigen anwesenden Adligen gehörten. Für die Summe von 100 Forint hatten sie Péter III. aufgefordert, das Heu an einem gemeinsamen Ort zu lagern.

Die Anschuldigung lautet: Péter III hatte das Geld eingesammelt aber größtenteils das Heu auf dem Hof seiner Leibeigenen in Racoş/Rákos gelagert.

Somy Benedek mischt sich in die Diskussion ein und behauptet, er wisse, das Heu sei an einem gemeinsamen Ort gelagert worden. Im Raum herrscht Verwirrung, denn Somys Wort hatte eine bestimmte Gewichtung.

Da Mihály III. von der Sitzung fehlte, entschied man, auf seine Ankunft zu warten, um zusammen nach Hida/Hidalmás zu fahren, wo sie gemeinsam mit anderen Nachbarn die Wahrheit feststellen wollten. Sollte die Beschwerde berechtigt sein, würde Péter III. laut Entscheidung des Wojewoden János Zápolya eine Geldstrafe in Höhe von 100 Forint zahlen.

Nach Mihálys III. Rückkehr aus Orşova/Görgényorsova fuhren alle Beteiligten nach Hida/Hidalmás. Man stellte fest, dass das Heu weder an dem vereinbarten Ort noch beim Leibeigenen des Péter III. war.

Was war passiert? Jeder der Beteiligten hatte inzwischen ihren Anteil Heu weggenommen und es nach Hause gebracht.

Warum wurde dann eine Beschwerde beim Wojewoden eingereicht? Im Dorf sprach sich herum, die Beteiligten wollten um jeden Preis die 100 Forint zurückbekommen und für das Grasmähen nichts zu bezahlen.

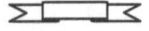

Es geschah in Ermezeu

Fürst Báthori Zsigmond erteilt Gyulafi Lászlo durch ein Dokument vom 20. Oktober 1599 die Genehmigung, das Salzlager aus Jibou nach Ermezeu auf sein Gut zu verlegen.

Viele Jahre später, im 1636 versuchte der Fürst Rákóczi György den ganzen Ermezeu samt Salzlager zu übernehmen. Er wollte geltend machen nicht nur sein Fürstenbonus, sondern wollte auch die Angelegenheit nützen, das die Gyulafi Familie keine männlichen Nachkommen mehr hatte.

Die drei Frauen, Gyulafi Zsuzsanna, Barcsai Borbála sowie die Tochter des Gyulafi Samuel, alle Erbinnen von Ermezeu haben sich entschieden sich zu widersetzen, Ermezeu nicht so leicht aufzugeben und haben den besten Advokaten engagiert.

Etwas Unerwartetes kommt vor. Die Frauen finden die Besitzurkunden nicht mehr. Vierzig Jahre sind seit dem Tod des Vaters vergangen und in dieser Zeit ist viel passiert.

Es folgten Diskussionen, Zeugen wurden gesucht, Freunde wurden befragt. Endlich, ein unerwartetes Ereignis.

Ein alter Mann im Dorf hat sich erinnert dass Gyulafi Lászlo, in den schrecklichen Zeiten von General Basta, im Garten eine Kiste begraben hat. Später, nachdem Lászlo gestorben war, auf dem Platz wo die Kiste begraben lag hat man dem Mist von den Stallungen geworfen. Die Sache mit der Kiste wurde längst vergessen.

Bald wurde die Suche gestartet und große Freude, die Kiste wurde gefunden und drinnen lagen zusammen mit anderen wertvollen Sachen auch die Besitzurkunden.

Die Erbinnen haben vor Gericht diese Urkunden gezeigt, der ehrgeizige Fürst wurde besiegt und Ermezeu blieb weiter im Besitz der Familie Gyulafi.

Nach der Zeit Bastas und dem verwüstenden Türkeneinfall, wird schließlich um 1797 in Ermezeu der Graf Bethlen Samuel, der Baron Jozsef Bornemisza, Gyulai Jozsef, Toroczkai Zsigmond und Wesseleny als Grundbesitzer urkundlich erwähnt.

Pfarrer in den Gemeinden
Aluniş und Inău

Im XVII. Jahrhundert gab es in den Gemeinden Aluniş und Inău je eine selbstständige evangelische Kirche, aber nur einen einzigen Pfarrer.

Weil er in guten Beziehungen mit den Gemeindemitgliedern war, legte der Pfarrer ein Sonderprogramm der Gottesdienste fest. Hielt er Gottesdienst sonntags in der Früh in Aluniş ab, begab er sich mittags und abends nach Inău, um hier Gottesdienste abzuhalten. Am nächsten Sonntag hielt er in Inău den Morgengottesdienst ab und in Aluniş den Mittags- und Abendgottesdienst. An den anderen Tagen war er mittwochs und freitags in Aluniş und donnerstags in Inău. Die Montage und Samstage waren Ruhetage.

An Feiertagen ging er folgendermaßen vor: am ersten Tag hielt er den Gottesdienst zweimal in Aluniş ab und am zweiten Tag in Inău. Sollte er zum Mittagessen eingeladen werden, blieb er auch am Abend dort, andernfalls kehrte er nach Aluniş zurück.

Das Einkommen des Predigers stammte von der Bevölkerung. Jede Person, die ein Haus besaß, gab zwei Scheffel Weizen ab, und sollte ihnen nach dem Eintreiben des Zehnten sechs Scheffel Weizen übrig bleiben, musste diejenige Person dem Prediger zwei Scheffel Weizen abgeben. Wenn die Person über keinen Weizen verfügte, war sie verpflichtet 48 Dinaren zu zahlen. Der Prediger nahm gerne anstelle von 48 Dinaren auch einen Eimer Wein an.

Holz musste er ebenfalls nicht besorgen. Er bekam sehr viel davon, da die Gegend bewaldet war. Das Haus des Pfarrers aus Aluniş war von den Dorfbewohnern gebaut worden. Er besaß als Grundstücke Heuwiesen und Ackerland. Die Dorfbewohner waren nicht verpflichtet, den Boden zu bebauen, sie mussten ihn aber mähen, das Heu jedoch nicht anhäufen. Witwen durften Lein, Stoffe oder Stickereien schenken.

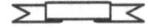

Pfarrer in Mathesdorf/Matei/Szászmáté

Im XVII. Jahrhundert gab es eine Kirche in der Gemeinde Mathesdorf/Matei/Szászmáté dank der Familie Kendy. In der Tat war die Tochter des Kendy Ferencz mit Haller István verheiratet der in Mathesdorf/Matei/Szászmáté ein Landhaus besaß.

Am 18. Januar 1622 spricht der Dekan, Originalnamen

Törpényi Abel Gáspár nagysajoi dekan, esperes, Consignation seu Bonorum cuisque Ecclesiae Parochiae, Scholaeque in Capitulo Nagy Saioviensis

ein Lobeswort für die Pfarre in Mathesdorf/Matei/Szászmáté aus. Das Vermögen der Kirche bestand aus einem Silberglas und einem Silberteller, die für 35 Forint gekauft wurden, zwei Glocken in Wert von 63 Forint, einer kleinen Heuwiese, einem Gemüsegarten, einem Wald, einem Weinberg und einem kleinen Ackerland.

Woraus unterhielt sich aber der Pfarrer?

Er erhielt jährlich ungefähr 24 Kübel Most, ein paar Käseräder und mehrere Scheffel Roggen, wovon ein Teil dem Dorflehrer zustand und der restliche Teil für Saatgut aufbewahrt wurde.

Außerdem musste jedes Besitzer-Paar einen Wagen Holz bringen, und jeder Besitzer war verpflichtet, je vier Kübel Most zu spenden, wovon der Pfarrer den Wein der Eucharistie sicherte.

Anlässlich der Trauung wurden ein Dekaliter Wein geschenkt sowie drei Dinaren, ein Brot und zwei Ringbrote. Bei der Taufe bezahlten die Besitzer drei Dinaren und die Armen je ein Brot.

Bei den großen Bestattungen wurden zwölf Dinaren und zwei Brote geschenkt und bei kleineren acht Dinaren und ein Brot. Der Rektor erhielt ein Drittel der Lebensmittel und ein Viertel der Holzmenge.

Zur Zeit des Fürsten Kemeny János, um 1661-1662, überfielen Tataren und Türken die Ortschaft Mathesdorf/Matei/Szászmáté. Diese beraubten, ermordeten und verwüsteten das Dorf. Um die Kirche herum wurden zahlreiche Gruben voller Leichen gefunden. Im Jahre 1700 zählte die Gemeinde 39 Leibeigene, während hier im Jahre 1721 fünf Leibeigenen, zehn Tagelöhner und sieben Arme lebten.

Räuber in Bozna/Szentpeter-falva

In der Nähe der Grenze zu Crasna/Kraszna und des Weges, der nach Şimleu Silvaniei/Szilágysomlyó führt, liegt das Dorf Bozna/Szentpéterfalva. Es handelt sich um eine kleine Ortschaft, die bereits im XVII Jahrhundert urkundlich erwähnt wurde und die teilweise von Rumänen bewohnt war. Folgende Begebenheit wurde uns mündlich überliefert.

In einer einsamen Gegend des Dorfes, in Richtung Măgura, lebte ein bestimmter Stanciu zusammen mit seiner Familie. Er war ein äußerst fleißiger Mann, hatte einen schönen Bauernhof, mit Vieh, Pferden, Schafen, Schweinen, Hühnern und einen sehr gepflegten Gemüsegarten. Der Mann hatte etwas Ackerland und eine Heuwiese gekauft, besaß einen Weinberg, und für die Feldarbeiten stellte er zwei Knechte an.

Es geschah an einem Sonntagabend. Die Knechte hatten frei und hielten sich wie üblich, lange nach Mitternacht, in der Dorfschenke auf.

Plötzlich hört Stanciu die Hunde bellen, gibt aber keine Acht darauf und glaubt, dass irgendwo ein Tier, vielleicht ein Fuchs oder ein Wildschwein, aufgetaucht war. Die Hunde bellen aber noch lauter bis Stille herrscht.

Unruhig, aber vorsichtig öffnet Stanciu langsam die Hintertür und spitzt die Ohren. Er hört Schritte und die quietschende Tür von der Speisekammer, in der er den Wein, den Käse, den Speck und das Geräucherte aufbewahrte.

Blitzschnell bewaffnet er sich mit einem Stock und einem Messer, schleicht sich aus dem Haus und versteckt sich neben der Wand der betreffenden Kammer. Drinnen hört er Stimmen, und durch die offen gebliebene Tür bemerkt er, trotz der Finsternis, drei sich bewegende Schatten.

Er schleicht sich schnell hinein und schlägt mit dem Stock auf einen der Diebe zu. Die anderen zwei schließen sich der Schlägerei an, aber der tapfere Stanciu kämpft verzweifelt.

Er ruft seine Hunde herbei, aber keiner kommt, da sie von den Dieben umgebracht wurden. In der Nähe hatte er keine Nachbarn, und seine Knechte hielten sich in der Schenke auf.

Stanciu beginnt grimmig zu schreien und nach allen Richtungen gewaltsam zu schlagen. Plötzlich wandelt sich das Schreien in ein solch schauderhaftes und tierisches Gebrüll um, dass sich die Diebe vor dem unerwarteten Widerstand entsetzen und die Flucht ergreifen.

Als Zeichen des Dankes dem lieben Gott gegenüber, der ihm die Kraft verliehen hatte, die Diebe zu verjagen, baute der tapfere Stanciu in der Gemeinde eine Holzkirche.

An deren Stelle befindet sich heute die orthodoxe Kirche, in der lange Zeit zur Erinnerung an diese Begebenheit viele Gebete ausgesprochen wurden.

Bei der Bestattung des Fürsten Rákoczi György

Der Fürst Rákoczy György I. stirbt am 11. Oktober 1648 während der Schlacht bei Sächsisch-Fenisch/Floreşti, wo er vom Wesir Kuciuc besiegt wurde. Bereits zu Lebzeiten hatte er seinen Sohn György II. zum Thronfolger ernannt.

Demnach war Görgy Rákoczy II. derjenige, der die Bestattung organisierte, die nicht weniger beeindruckend als die Bestattungen innerhalb der Familien Bethlen und Báthory sein sollte, die übrigens keine Anwärter für den Thron von Siebenbürgen hatten, da es sich ja um die Dynastiefeierlichkeit und Fortführung der Herrschaft der Familie Rákoczi handelte.

Die Bestattungszeremonie wurde also prunkhaft organisiert. Unter anderem sei auch gesagt, dass die Freude der Bevölkerung, an einer solchen Veranstaltung teilzunehmen, die Trauer weit überschritt.

Anwesend waren Botschafter des Kaisers Ferdinand III., des Herrschers der Walachei Matei Basarab, des Fürsten Janusz Radziwiłł, der mit der Tochter des Vasile Lupu, der Herrscher der Moldau, verheiratet war, des Papstes Innozenz X. sowie andere hochrangige Würdenträger aus Siebenbürgen, Vertreter aller Gebiete, Comes, Gelehrte, Vertreter aller bedeutenden Kreise und sehr viel Volk.

Es wurde ein quadratförmiges *Castrum doloris* mit Dach und aus Holz geschnitzten Säulen errichtet. Geziert wurde es mit Machtabzeichen, Wappen, Blumen und Elemente, die die wichtigsten Momente aus dem Leben des Fürsten hervorheben, die die Macht und Herrlichkeit des Fürsten, der zudem in Militärbekleidung bestattet wurde, widerspiegeln sollten.

Die Bestattungsprozession erfolgte nach der strengsten Ordnung. Nachdem der Umzug begonnen hatte, durften nur bestimmte Personen in der Nähe sein, und das in äußerst strenger Ordnung. Alles war bis ins kleinste Detail organisiert.

Den Sarg begleiten folgende Adlige, die die Hand darauf legen: Zolyomi Miklos von Albiş/Albis, Comes von Zarand, Haller Gábor, Hauptmann von Fogarasch /Făgăraş und Comes von Küküllö, Haller Peter, Hauptmann von Sathmar/Satu Mare, Barcsay Ákos, Bethlen Mihály, Comes von Also-Fejér und Ehemann der Borbála III. Sombory, Bánffy Zsigmond, Comes von Belsö-Szolnok, Sombory János Comes von Neustadt/Baia Mare, Szebeni Károly, Rhédey János königlicher Richter von Odorhellen/Odorhei, Keresztesi Ferencz, Bethlen János Comes von Hermannstadt/Sibiu, Máriassi István und Graf Bánffy György von Losoncz, Comes von Doboka/Dăbâca.

Die Ehefrauen werden von Háller István, Rhédey Ferencz, Kun István, Comes von Eisenmarkt/Hunedoara und Seréd geführt.

Das Wappen wird vom Baron Kornis Ferencz, Comes von Klausenburg/Cluj getragen, das Schwert trägt Kemény Boldizsár, Obercomes von Klausenburg/Cluj, der Stab wird von Mikola getragen, andere Abzeichen werden von Beldi Pál getragen, die Beerdigungsfahne vom Grafen Gyulaffy Lászlo, königlicher Richter von Odorhellen/Odorhei, die Flagge des Fürstentums von Kemény János, zukünftiger Fürst von Siebenbürgen und die für die Gruft bestimmte Fahne wird von Gyulay Ferencz getragen.

Anwesend ist auch Huszár Peter, der die türkische kaiserliche Flagge trägt, und die symbolisch beerdigt wird.

Vor dem Sarg schreitet alleine der neue Fürst Rákoczy György II., der von seinen beiden Brüdern, Zsigmund und Ferencz Rákoczy, gefolgt wird.

Um die eingetroffenen Gäste kümmerten sich insbesondere Petki István, Obercomes von Küküllö, Bánffy Zsigmond, Dániel János, Farkas Ferencz, Koncz András, Pap András, Mészáros Peter, Torniosi Marton, Czekezy Tamás, Daniel Ferencz, königlicher Richter, Radák András und um deren Unterkunft kümmerte sich Orbán Ferencz.

Mit der Anordnung des Katafalks in der Kirche, mit den heraldischen Abzeichen, Stühlen, mit dem Sanktuar sowie mit der Kanzel beschäftigten sich Koncz Andras und Czegey Tamas, während sich mit der Herrichtung und Aufstellung des Sarges, der Stühle unter dem Sarg, der Balken und noch mehr, Ugron János, Kammerherr, *dapiferorum regalium magister*, beschäftigte.

Zu Prozessionsleitern wurden die Szekler-Hauptmänner Daniel Janos und Farkas Ferencz ernannt.

Im Fürstenschloss aus Weißenburg/Alba Iulia gab es ein Trauermahl, das mit dem gebührten Prunk und Zubehör organisiert wurde.

Nach dem Eintreffen der Gäste im großen Empfangsraum des Palastes wurden die Damen von Bánffy Zsigmond und die Botschafter sowie die Adligen hohen Ranges von Petki István, Gyeröfy und Gyulay zu ihren Plätzen begleitet.

Um die Geistlichen und Gelehrten kümmerte sich Tholdalagy Ferencz.

Über diese Zeremonie wurde viel geschrieben.

Aber das Leben geht weiter.

Neun Jahre später, und zwar im Jahre 1658, wurde das zu Ehren des Fürsten Rákoczy György I. errichtete *Castrum doloris* aus der Römisch-Katholischen Kathedrale des Heiligen Michaels von Weißenburg/Alba Iulia von den Türken zerstört.

Aus dem übriggebliebenen Material errichtete der Bischof Mártonffy später, im XVIII Jh. vier Altare.

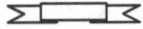

Dokumente und Bilder

1. Brief aus der Gefangenschaft bei den Tataren: Hátszegi Anna, Frau von Sombori Janos an Appafi, Fürst von Transilvanien, geschrieben in Bakcsiszarai, 29 Sept. 1665, aus der Székely oklevéltár, Klausenburg, 1872-1897, Nr. 1245

Székely oklevéltár. - Kolozsvár. 1872-1897. - v. 6. bl. 2. p. 305.
KlimoTheca. http://kt.lib.pte.hu/konyvtar/kt04121501/6_0_2_pg_305.html

— 305 —

Méltóztassék kegyelmes válaszszal kibocsátani ez kiküldött emberemet, vagy mást és az vajdának is izenni s választ venni és boéroknak is, hogy jóakarattal, segítséggel lennének s úgy bátorsággal mehetnénk *Jászvásárra*. Isten Ngodat kegyelmes uram éltesse sokáig jó egészségben. Datum ex *Bucsak* die 13. Sept. 1665.

Ngodnak méltatlan alázatos legkisebb szolgája míg él szegény Rab Damokos Thamás mp.

P. S. Ngodnak könyörgök alázatoson az Istenért, méltóztassék *Geréb János* felől, kiért kezes voltam és elszökött, *Rosolyban* van, ki bírja, annak urának izenni méltóztassék, vagy adják kézben, vagy sanczát tegyék le, 3 száz tallér, hat levelet kiküldtem, vagy egy katonát szolgámmal kibocsátani méltóztatnék, hozhatnák bé, Isten lévén mivel kedveskednem Ngodnak, hanem egy *csibukot* liulie Bassal (igy!) együtt küldtem Ngodnak és egy oka *tutunt*[1] Ngod szerelmes fiának, kit Isten neveljen, éltessen, egy *cserkesz korbácsot*[2] küldtem. Adja Isten, sokat lovagolhasson Ngod kegyelmes szeme előtt.

Alább: Orczapirulásommal kénszeréttetem Ngodot kuldúlnom: méltóztassék Ngod Isten nevében kevés költséggel megsegíteni, Isten kezében csik, hogy Isten Ngodnak sok ezereket és milliokot adjon helyében, mivel se magamnak, se fiamnak nincs ez költségben semmi sacz.

Külexim: Illmo ac celsissimo principi domino dno *Michaeli Apafi*, regni Tranniae principi, partium regni Hungariae et Siculorum comiti etc. dno dno mihi clementissimo etc.

(Eredetije, simított török papiroson, igen roszketeg, összefolyt, alig olvasható írással, az *Erd. Múz. kézirattárában*, gr. Kemény J. gyűjt. XIV.)

1245.

Özv. Sombori Jánosné Hátszegi Anna Apafi Mihálynak, tatár fogságból kiszabadíttatásáért könyörög. Kelt Bakcsiszaroj városában 1665. szeptember 29.[3]

Rabságbeli alázatos szolgálatomat ajánlom Ngodnak, mint kgls uramnak. Az Úr Isten Ngodra minden lelki és testi áldásit terjesz-

―――――
[1] T. i. török dohányt.
[2] T. i. kancsukát.
[3] Ez bár nem székely levél, de érdekességénél fogva a többi tatár fogoly levelei közé felveendőnek tartottam.   20

79

— 306 —

sze s mostani méltóságos állapotjában tegye szerencséssé, boldog hosszú életűvő Ngodat kgls uram, szívem szerént kévánom.

Kegyelmes urunk Ngodot alázatoson kénszerítem terhelnem ez kis suplikatiom által, mivel kgls urunk az nagy rabságban fetrengek, reménkedvén Ngodnak, mint kgls urunknak alázatoson, Istent tekintvén, Ngod indúljon könyörületességre, szabadúlásomról méltóztassék gondot viselni, az pogányok szívét engesztelni, mely Ngod hozzám megmutatandó kegyelmességejért Istentől Ngod kgls uram áldúst veszen, mind pedig Isten kegyelmességéből Ngtok engem szabadítván, életem foltáig Istent dicsírem Ngtokért, szerencsés hosszú életet kérek Ngodnak megadatni. Kegyelmes uram, az elmúlt esztendőkben jött vala be *szilai Görögh István,* mely hírem nélkűl ígírt volt az agának másfélezer tallért, mely nem kicsin káromra volt, mindezideig semmit sem szóltak szaczom felől, hanem most Isten Thordavármegyebeli *illyei Kavacz István* uramnak kegyelmességéből útat mutatván, magok küldték hozzám, hogy beszéljek véle s írassek levelet, hozassam be ide az pénzt. Elsőben hatezer aranyat kért, azután háromra szállott, de az agának az anyja azt mondotta, hozassam be ide az kétezer aranyat, ő az fiával elvégzi dolgomat, szekeret ad alám, kiküld Moldovában maga költségén. Reménkedem Ngdnak mint kegyelmes uramnak aláztoson, Istenre tekintvén, indúljon könyörületességre, találjon módot szabadításomban. Isten után kgls uram minden reménységem Ngodban vagyon. Ezeknek utánna a meny(n)ek föl(d)nek ura Istene Ngodat kegyelmes uram sok esztendőkig tartsa meg jó egészséges hoszú életben, mostani méltóságos állapotjában tegye szerencséssé. Datum ex *Bakcziaszaráj* Sabulat aga udvarában die 29. Septembris anno 1665.

Kegyelmes urunk Ngodnak szegény alázatos szolgálója néhai Sombori János uram meghagyatott öszvegye

Rab Hatszegi Anna mp.

Külczím: Az tekintetes méltóságos erdélyi fejedelemnek ő nagyságának etc. az tekts. mélts. *Apafi Mihály* uramnak, ő nagyságának etc. énnékem kgls uramnak ő nagyságának adassék.

Hátán: Költ Krimből szegény rab *Hatszeghi Anna, Sombori Jánosné* levele[1]) In *Baktsasaráj* 29. Septembris 1665.

(Eredetije az *Erd. Múzeum* ltrában, gr. Kemény J. gyűjt. XIV. k.)

---

[1]) Eddig a Somboriné kezeírása.

2. Lotichius, Johann Peter (1589-1669), Bibliotheca Poetica, Par. 1-4, Frankfurt, Seiten die den Ioannes Sombor gewidmet wurden.

AMISSIONE. EIVS. PERPETVIS. TENE-
BRIS. QVOTIDIANA. MISERABILI.
EIVLATIONE. DAMNATVS.
HOS. TITVLOS. HOC. MONVMENT.
CHARTACEVM.
QVIA. MARMOREVM. NON. POTERAM.
DISCEDENS. TERRAM. TIBI. DICO. LE-
VEM.

Vide eundem *Cl.D. Gruterum,'in Manibus Guliel-
mi.2.Thuanum. l. 80. hiftor. fub finem. 3. Iuft. Lipfium,
Centur. 1.felect. epift.83.4.Melch.Adam.in vita Gulielm.
5.opera Gulielmiana.*

IOAN. SOMMERVS,
Vngarus,
Poeta Elegiacus.

Proxima Pannonio SOMMERVS *carmina Vates*
Prodidit, Aonio fufpiciente choro.
Scilicet eft commune aliquid cum Matre Camænis:
Tam faciles Elegos Matris alumnus habet.

POft IANVM illum PANNONIVM, Panno-
niæ Vatem primarium, carminis dexteritate facile locum habet, nec poftremas laudes meretur,
Mufa IOANNIS SOMMERI *Vngari, Poeta Elegia-
ci* facilis,& venufti. Is fauente Apolline iis vndis
apprime tinctus, quarum venas Medufæus ille præ.
pes vngula elicuiffe fertur, in Heliconem vfque ani-
mis abreptus fuit, vnde Mufis porro carminibus
concinne fcriptis litare didicit. Eo ingenio cum ef-
fet fœcundus admodum, pueris in ludo literario
Biftricii

Biſtricii Vngariæ præpoſitus fuit; quamuis plagoſi ferularum ſceptri arbitrium fors inuito ſuſtinuerit animo, prout ex *Hortuli Amoris*, quem vocat, *Elegia* præliminari facile fuerit elicere, vbi ita meminit:

> *Inuiſas pueris ferulas, ignobile ſceptrum*
> *Qui noſtro capiat nomine, nunquis erit?*
> *Vt turba mixtus lati ſpectator honoris*
> *Ad ripas veniam, flaue Cibine, tuas.*

Adeo autem terſum, facile, venuſtum, eruditumque carmen ipſi SOMMERO, ceu vber ingenium riuulus inundet, excurrit, labiturque, vt maiori eruditione, quam cura confectum, maiori ingenio, quam labore effuſum videri queat. Merito igitur à *Ioanne Sambuco*, autore probatiſſimo, atque aliis iſtius ſeculi viris præcipuis, ingenio eius multum conferentibus, tam ſtylo, quam carmine SOMMERVS extollitur. Felix is itaque Poeta, *Iano Pannonio* ſuo non multum diſpar, immortali iſthac laude carminibus ſibi parta gaudere, imo triumphare poſſet, niſi (quod abominandum) à vera CHRISTI Emanuelis Eccleſia peſſime ad blaſphemam Neſtorianorum, Trin-unitatem impugnantium, hæreſin defeciſſe diceretur. Quod quidem vtinam SOMMERO fruſtra ab autoribus inuſtum ſit. Floruit temporibus *Ioan. Sambuci, Medici, & Hiſtorici Cæſarei.* Scripſit expedito carmine imparibus numeris eleganter variato *Reges Hungaricos*, ad imitationem *Georg. Sabini, Ioan. Boceri*, quorum ille *Impp. Romanos*, hic *Reges Danicos*, eodem carminis filo cum poſteritatis

applau-

3. Das Dokument DI27375 , Dl. = Az Országos Levéltár diplomatikai osztálya, Szecseny National Bibliothek, Ungarn

4. Für den Stammbaum der Familie Zsombory, siehe Nagy Iván: Magyarország családai czimérekkel és nemzékrendi táblákkal", vol. 10, Budapest 1863 und Claudia Sombory: Povestiri din Ardeal (Siebenbürgische Erzählungen), Dacia Verlag, Cluj, Rumänien, 2010 . Notizen aus dem XIX. Jhd., aufbewahrt in National Bibliothek in Budapest, Nachlas der Fam. Sombory

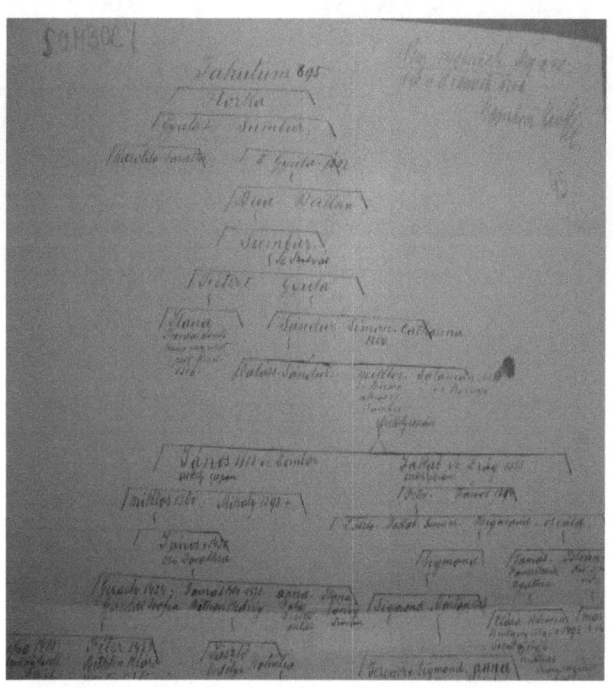

5. Rákoczi György I (1593-1648) und
   Lorántffy Zsuzsanna (1600-1660)
   Bild XVII Jh., Budapest, MNM Történelmi
   Arcképcsarnok

FSC
www.fsc.org
MIX
Papier | Fördert
gute Waldnutzung
FSC® C083411

Zeitfracht Medien GmbH
Ferdinand-Jühlke-Straße 7
99095 Erfurt, Deutschland
produktsicherheit@kolibri360.de